異世界で手に入れた
生産スキルは
最強だったようです。
～創造&器用の
W《ダブル》チートで無双する～
2
遠野九重
Tohno Konoe

コウ・コウサカ
リリィ

アイリス
スララ(おせわスライム)

「……まだ子供じゃないか」
「はああああああああああっ！」
デビルトレントを抑え込んでいたのは、
小柄で華奢《きゃしゃ》な、銀髪の少女だった。
ふと、周囲が急に暗くなり、見上げれば、
デビルトレントの右足が迫っている。
だが俺は焦らない。
馬車の屋根に眼を向ければ、アイリスが
竜神の盾を掲げている。
叫びとともに付与効果の《竜神結界EX》
が発動し、光の防壁が広がった。

CONTENTS

プロローグ

表彰式の招待状を受け取ってみた。

俺こと高坂《こうさか》コウはある日突然、異世界へと転移させられた。

その際に授けられた【創造】や【器用の極意】といったチートスキルに助けられ、冒険者としての生活も軌道に乗り始めたころ、大きな事件が起こる。

——極滅の黒竜。

四千年前、この世界の古代文明を滅亡に追いやった存在……災厄が蘇《よみが》ったのだ。

竜人族の女性冒険者アイリスの協力、そしてミリアから託された『精霊の指輪』のおかげで、俺は死闘の末にどうにか黒竜を打ち倒した。

街の被害はゼロに抑えられたし、文句なしのハッピーエンドだ。

本当によかった。

祝勝会から十日ほどが過ぎたが、オーネンの街は平穏そのもので、人々は以前のような生活をすっかり取り戻している。

俺はといえば、ここ最近は街の西側に広がる山を探索しつつ、【創造】に使う素材を集めていた。のんびり採集生活、気ままな冒険者ライフ。

街では《竜殺し》なんて物騒な名前で呼ばれたりもするが、正直、荒事は好きじゃない。

やっぱり平和が一番だ。

「コウ、向こうにナオセ草の群生地があったわ。どうする？」

「もちろん採集する。ヒールポーションの原料になるからな」

この採集生活には俺のほかにもう一人、心強い同行者がいる。

アイリスノート・ファフニル。

竜人族の女性で、その外見はとても美しい。

黄色いリボンでまとめられた髪は長く、赤く、まるで夕焼けのような色彩を放っている。

両眼《め》はきれいな真紅《しんく》で、宝石を溶かして流し込んだように輝いていた。

性格としては不器用なところもあるが、根はとても真面目だし、Aランク冒険者としての知識や経験はとても頼りになる。

戦闘のときは不思議と息が合うので、俺個人としては、長年ずっと一緒に戦ってきた仲間のように感じることもあった。

実際のところは、出会ってから一ヶ月ちょっとしか経《た》ってないんだけどな。

二人で山を歩くと、やがてナオセ草の群生地に辿《たど》り着いた。

「それじゃあ採集するか」

「あたしは周囲を見てくるわ」

「分かった。頼む」

俺はアイリスにそう答えると、地面に膝をつき、ナオセ草に手をかざした。

【アイテムボックス】への収納を念じると、地面に小さな魔法陣が現れた。

ナオセ草は黄金色の光に包まれ、魔法陣の中へと吸い込まれる。

それをひたすら繰り返し、五分ほどで三〇〇本ものナオセ草を手に入れた。

「ふう」

「コウ、お疲れさま」

アイリスが探索から戻ってきたのは、ちょうど俺が採集を終えたタイミングだった。

「あっちの水辺に潤いダケがたくさん生えているみたい」

「よし、行ってみよう。……手伝ってくれてありがとうな」

「いいのよ。あたしが好きでやっていることだもの」

アイリスはここ最近、ずっと俺と行動を共にしている。

実質的にはパーティを組んでいるような状態だ。

いっそ、冒険者ギルドに正式な届けを出したほうがいいかもな。

パーティを結成すると、冒険者ランクとはまた別にパーティランクが定められ、それに合わせた依頼を紹介してもらえる。そのほか、メンバーが負傷したときの見舞金や住居の契約といった、福利厚生の面でも優遇が受けられる。

……というわけで山道を歩きながら、パーティを結成しようかという話をすると、アイリスは残念そうに答えた。

「あたしもコウと組めたら嬉《うれ》しいわ。でも、冒険者ランクが三つ以上離れていると、ギルドの制度上、パーティを結成することはできないの。実力差が大きすぎるから、って理由みたい」

俺の冒険者ランクはD、アイリスはA。

ランクの並びとしてはD↓C↓B↓Aとなるので、ちょうど三つ離れている。

そしてDランクからCランクへの昇格には、王都での試験が必要だ。

「焦らなくても、そのうち王都の冒険者ギルドから招待状が来るでしょうし、そのついでに試験を受けたらいいと思うわ」

「招待状？　……ああ、あれか」

そういえば少し前にミリアが言っていたな。

黒竜の討伐について冒険者ギルド本部に報告したら、王都で大々的に表彰式を行うことになった、って。

「コウの活躍を考えたら、試験免除でのランクアップも十分にありうるわね。なにせ街ひとつを救った英雄だもの。ともあれ、そのときは正式にパーティを組みましょう。……組んでくれる？」

「当然だ。一緒に黒竜に立ち向かった仲間だからな」

「よかった。ここで見捨てられたらどうしようかと思ったわ」

アイリスは冗談っぽく言うと、右手で長い赤髪をかきあげる。

細く白いうなじがチラリと見えた。

俺はなんとなく気恥ずかしくなって、視線を反対側に向けてしまう。

……ん？

気になるものがあったので、俺は立ち止まる。

「コウ、どうしたの」

「あれ、魔物じゃないか？」

山道から少し外れた木々の向こうで、小さな影が複数、フワフワと浮いていた。

徐々にこちらに近づいてくる。

警戒したほうがいいのではないだろうか。

「大丈夫よ。あれは飛ぶダケ、名前のとおり、飛んでいるだけのキノコよ。とくに実害はないわ」

なんだそりゃ。

冗談みたいな名前だなと思いつつ、俺は【鑑定】を発動させる。

飛ぶダケ：風の加護を宿したキノコ。カサを高速回転させることで空を飛び、近づくと逃げてしまう。かじると身体が浮かぶので注意が必要。

かじると身体が浮かぶ？

なんだか不思議なキノコだな。

ともあれ【創造】の素材になるかもしれないし、採集しておこう。

俺が一歩を踏み出すと、こちらの気配を感じたのか、飛ぶダケは森の奥へと移動し始めた。

「コウ、どうする？　あたしが反対側に回って、逃げ道を塞《ふさ》いだほうがいいかしら」

「大丈夫だ、それには及ばない。ちょっと行ってくる」

俺はいまフェンリルコートを纏《まと》っている。

このコートが持つ付与効果のひとつ、《神速の加護ＥＸ》を発動させた。

消費魔力は一秒あたりＭＰ換算で1万。これは平均的な魔術師一〇〇人分の魔力にあたる。

常識外れの消費魔力だが、そのぶん、効果は絶大だ。

俺は超高速で木々のあいだを駆け抜け、一瞬にして飛ぶダケに追いつくことができた。

跳び回るキノコに手を伸ばし、片っ端から【アイテムボックス】に収納していく。

合計で五十六本。

ここまで、およそ二秒の出来事だ。

《神速の加護ＥＸ》を解除し、アイリスのところへ戻る。

「採集、終わったぞ」

「相変わらず、すごい速さね……。何も見えなかったわ」

「フェンリルコートのおかげだよ」

俺はそう答えたあと、あらためて潤いダケの生えている水辺に向かった。

穏やかな渓流を挟むようにして、あちらこちらに茶色いキノコが生えている。

キノコの数はけっこう多い。

二人で採集を行い、すべての潤いダケを【アイテムボックス】に収納したときには日が傾きつつあった。

「そろそろオーネンに帰るか」

「賛成よ。さすがに野宿は避けたいもの。今日の夕食はどうする？」

「肉かな。ただ、先に冒険者ギルドに寄っていいか？」

「構わないわ。何か用事でもあるの？」

「王都での表彰式とやらについてミリアに訊《き》いてくる。いつ行われるか、ちょっと気になるしな」

「賛成よ。王都までは遠いから、色々準備も必要だものね」

俺はアイリスと雑談を交わしながら山を下り、街道を進んでオーネンに辿り着いた。

北門から街に入って冒険者ギルドに向かうと、途中、街の人に何度か声をかけられた。

「コウさんですよね？　私、ファンなんです！　握手お願いします！」

「ぼく、貴方《あなた》みたいな冒険者になりたいんです。弟子にしてくれませんか？」

「《竜殺し》さん、今度ウチの店まで呑《の》みに来てくださいよ！　サービスしますよ！」

黒竜を討伐してからというもの、俺はちょっとしたヒーロー扱いだった。

街の危機を救ったのだから当然といえば当然かもしれないが、「《竜殺し》に頭を撫《な》でてもらうと丈夫な子供に育つ」などという噂《うわさ》まで流れているらしく、そのうち神様として祭り上げられそうな勢いだ。

もちろん俺はただの人間だし、拝んだってご利益《りやく》はない。

やがて冒険者ギルドに到着し、正面ロビーに入ると、受付のひとつにミリアが立っていた。

彼女はこの姿だけなら、ただの可愛《かわい》らしい受付嬢に見える。

だが実は王都から派遣されてきたエリートであり、冒険者ギルドオーネン支部の支部長補佐を務めている。俺がこの街に来たばかりのころから何かと目をかけてくれていた。

「おつかれさまです。コウさん、アイリスさん」

ミリアはいつものように明るい微笑《ほほえ》みを浮かべて俺たちを迎えてくれる。

「お二人とも、ナイスタイミングです。実はお渡しするものがありまして……ちょっとだけ待ってくださいね」

「冒険者ギルド本部からの招待状か？」

「ですです。さすがコウさん、鋭いですね」

ミリアは受付の下から白い封筒を二通取り出すと、こちらへと差し出した。

宛名はそれぞれ俺とアイリスになっている。

「ギルド本部でも色々あったみたいで、連絡が遅くなってしまいました。ごめんなさい」

「それくらい別に構わないさ」

俺は封筒を開けて中身を確認した。

招待状には表彰式の日程などが書かれていたが、およそ一ヶ月後のことだった。

まあ、向こうにも色々と準備というものがあるのだろう。

「王都までの移動や宿泊については、冒険者ギルドからスカーレット商会に手配を委託しています。明日の午後、お二人の都合がいいタイミングで商会事務所を訪ねてください」

スカーレット商会といえば、商会長のクロムさんが思い浮かぶ。

俺が異世界に来て最初に出会った人物であり、命の危機を救ったことがきっかけで、何かと親しくさせてもらっている。

商会の事務所に行ったら、バッタリ顔を合わせるかもしれないな。

俺がそんなことを考えていると、左隣でアイリスが「ところで」と呟《つぶや》いた。

「ミリアはどうするの？　表彰式には参加するのよね？」

「わたしですか？　コウさんとアイリスさんの晴れ舞台ですし、もちろん出席しますよ！　ただ、あちこちの支部に用事があるので、お会いできるのは当日の会場だと思います……」

時間があれば王都を案内したかったんですけどね、とミリアは残念そうに言った。

「ともあれ、お二人で旅を満喫しちゃってください。途中にたくさん観光地がありますし、きっと楽しいですよ！」


こうして俺はギルド本部からの招待状を受け取ったわけだが、ひとつ、大きな問題があった。

……王都ってどこにあるんだ？

幸い、アイリスはAランク冒険者だけあって地理にも詳しい。

冒険者ギルドを出たあとは『銀の牡鹿亭《おじかてい》』での夕食となったが、料理が来るまでのあいだ、王都の位置について簡単に教えてもらうことになった。

「すごく大雑把《おおざっぱ》に言うと、王都はオーネンのずっと北東よ。ただ、途中に海があるから、最短距離で行くなら船が必要になるわ」

「陸路では繋《つな》がってないのか？」

「沿岸部を反時計回りにグルッと迂回《うかい》する形だから、かなり遠回りね。……こういうとき、広域の地図があれば説明しやすいのだけど、家に置いてきたのよね。あとで見に来る？」

さて、どうしたものか。

アイリスとは気心の知れた仲だが、さすがに若い女性の家に上がり込むのは抵抗がある。

俺が悩んでいると、まるで気を利かせるように【オートマッピング】が自動的に発動した。

俺の手元に半透明のウィンドウが現れる。

そこには太い三日月型の大陸が描かれていた。

方角としては北が上になっている。

「あら、コウのスキルって本当に便利ね。この大陸の地図よ、それ」

「オーネンはどこにあるんだ？」

「南側の尖《とが》った部分の内陸部ね。ここから海を目指して北東に進んでいくと、フォートポートって名前の港町があるわ」

アイリスは地図を指さしながら街の名前を挙げていく。

「三日月の内側にあるのがフォズ海よ。フォートポートからは王都への直行便が出ているし、これに乗るのが一般的な経路ね」

なるほどな。

地図を見れば一目瞭然だが、あえて陸路だけで王都に向かう場合、沿岸部をひたすら反時計回りに進む形になる。ものすごい遠回りだし、船を使うのが常識的な判断だろう。

「最短で行くなら、オーネンからフォートポートまで十日、フォズ海を渡るのに五日ね。合計で十五日間の旅になるわ」

表彰式は来月の中頃に行われる。

今日から数えると表彰式までは三十日ほどの期間があるので、船を使う前提なら多少の余裕をもって王都に辿り着けるだろう。

……などと考えていたら、ちょうど料理が運ばれてきた。

今回は『オーネン地鶏の照り焼き』を注文したが、これが想像以上の絶品だった。

皮はパリパリ、肉はジューシー。噛《か》むたびに旨《うま》みを孕《はら》んだ肉汁が溢《あふ》れてくる。

食後はレモンのシャーベットで口の中をサッパリさせ、大満足で店を出た。

「コウ、明日はどうするの？」

「ミリアに言われたとおり、午後からはスカーレット商会に行ってみるか」

「そうね。午前は空いてる？」

「ああ。今のところ予定はないな」

「地下都市に行くのはどう？　王都行きのこと、おせわスライムにも伝えておいたほうがいいわよね」

オーネンの南東……セロの森の奥には古代の地下都市が隠されており、ここにはおせわスライムという魔導生物が暮らしている。彼らはとても人懐《ひとなつ》っこい性格で、俺のことを「マスターさん」と呼び、心の底から慕ってくれていた。

黒竜討伐にあたっては、おせわスライムたちにも色々と助けてもらった。

彼らに何も伝えないまま王都へ旅立つのは、さすがに不義理というものだろう。

「そうだな」

俺は頷《うなず》いた。

「これから旅の準備で忙しくなるだろうし、その前に、おせわスライムたちに挨拶してくるか」

というわけで、明日の午前はアイリスと二人で地下都市へ向かうことになった。

待ち合わせは午前九時、ギルドの正面ロビーだ。

いつものようにアイリスを家まで送ったあと、俺は自分の宿……『静月亭《じょうげつてい》』に戻った。

シャワーを浴び、パジャマを着てベッドに寝転ぶ。

壁掛けの時計を見れば午後十時を回ったところだ。
寝るにはまだ早い。
「……そういえば」
今日は新しい素材を手に入れた。
飛ぶダケを使って、何かアイテムを作れないだろうか。
すると、俺の思考と連動するように頭の中で新たなレシピが浮かんだ。

飛ぶダケ×一　＋　潤いダケ×一　＝　フライングポーション×五

フライングポーション……？
ポーションが飛ぶのだろうか、それとも、飲むと空を飛べるポーションなのだろうか。
とりあえず【創造】してみよう。
【アイテムボックス】のリストにフライングポーションが追加された。

フライングポーション：熟練の薬師によって調合された最高級のフライングポーション。飲み干せば風の加護が宿り、三十分のあいだ自由に空を飛ぶことができる。
付与効果：《風の加護S＋》

どうやらフライングポーションを飲むと、空を飛ぶことが可能になるらしい。

これはとても面白そうだ。

あとでちょっと実験してみよう。

また、今回のレシピを実行したことによってスキル経験値が一定のラインを超えたらしく、【創造】のランクが14から15にアップした。

その結果、新たなレシピが脳内に浮かんでくる。

黒竜の亡骸《なきがら》×一　→　炎帝竜の指輪×一

俺には【自動回収】というスキルがあり、魔物を倒すと、死体はオートで【アイテムボックス】に収納される。それは黒竜も同じだった。

ただし普通の魔物は『○○の死体』という形式で表示されるし、【解体】で爪や毛皮に分けてから【創造】に使う。

黒竜の場合は色々と例外だ。

死体じゃなく亡骸という表記だし、【解体】なしにそのまま【創造】に使える。

災厄は魔物という枠を超えた存在であるために、その扱いも特別なのだろうか。

あと、どうして『黒竜の指輪』じゃなく『炎帝竜の指輪』なんだろうな?

もしかしたら黒竜の別名として炎帝竜というのが存在するのかもしれない。

ともあれ、【創造】してみよう。

炎帝竜の指輪：炎帝竜の力を宿した指輪。装備者は炎魔法について最上位の適性を与えられる。コウ・コウサカにしか装備できない。

付与効果：《炎帝の後継者ＥＸ》《専用装備Ａ＋》

さっそく【アイテムボックス】から炎帝竜の指輪を取り出してみる。

指輪には赤色の大きな宝石が取り付けられており、不思議なことに、宝石の内部ではメラメラと炎が燃え盛っている。

左手の中指へと指輪を嵌《は》めると、【フルアシスト】が自動的に起動した。

【フルアシスト】は異世界での生活をサポートしてくれるスキルだ。効果としては非常に多彩であり、そのうちのひとつとしては、脳内にシステムメッセージのような形でさまざまなことを解説してくれる。

《炎帝の後継者ＥＸ》が発動しました。

コウ・コウサカのスキルに【炎帝】が追加されます。

どうやらスキルが増えたらしい。

【フルアシスト】の効果のひとつ――知識の高速インストールが始まり、【炎帝】に関連する情報がドッと洪水のように流れ込んでくる。

かなりの情報量だったせいか、一瞬、視界が真っ白になった。

「……なるほどな」

俺は大きく深呼吸しながら呟いた。

「だいたい分かった」

ちょっと知識を整理しておこう。

この世界には魔法が存在しているが、それは誰にでも使えるわけではなく、【炎魔法】や【光魔法】といったスキルが必要らしい。

そして【炎帝】とは炎魔法を扱うスキルの中でも最上位のもので、炎帝竜の指輪をつけているときだけ有効になる。

魔法の使い方だが、一般的な魔術師の場合は色々と呪文を唱えたり、複雑な儀式を執り行う必要があるようだ。

しかし俺の場合は【フルアシスト】が補助してくれるため、魔法の名前を口に出すだけで発動する。細かな制御はオートで行われるが、ターゲットの指定や威力の調節などを音声入力で行うこともできる。

「大枠としてはこんなところかな」

現在、俺が使用できる魔法は『ファイアアロー』のみとなっており、これは炎の矢を飛ばす攻撃魔法だ。炎魔法の中では初歩中の初歩に分類されるが、術者の魔力量によっては街ひとつを消し飛ばすことも可能らしい。

「さて、と」

せっかく魔法が使えるようになったわけだし、このまま寝るなんてもったいない。

さっき【創造】したフライングポーションの効果も気になるので、ちょっと散歩に出かけよう。

ふつふつと湧き上がる好奇心に、眠気はすっかり吹き飛んでいた。

――異世界に来てからというもの、気持ちがどんどん若返っている気がする。

第一話 新しい力を試してみた。

フライングポーション、そして炎魔法。

俺はこの二つを実験するため、外へ出かけることにした。

脳内で【アイテムボックス】を開き、冒険に向かうときのフル装備を選択する。

全身がパッとまばゆい光に包まれ、一瞬のうちに着替えが完了した。

胴体はアーマード・ベア・アーマーとフェンリルコートの重ね着になっており、両腕には黒蜘蛛《くろくも》の籠手《こて》が嵌《はま》っている。

左手の中指で、炎帝竜の指輪がキラッと真紅《しんく》の輝きを放っていた。

「準備完了、だな」

街の中で炎魔法を撃つのは危険すぎるので、山のほうへ行ってみよう。

時計を見れば、すでに午後十一時を回っている。

他の宿泊客は眠っているかもしれないので、俺はそっと静かに宿を抜け出した。

オーネンはこのあたりで最も大きな都市であり、街の中心部はまだまだ賑《にぎ》やかだ。

俺の知名度はあいかわらずで、ちょっと歩くだけでも色々な人が声をかけてくる。

「おっ、《竜殺し》じゃねえか！　せっかくだし一緒に飲まねえか？」

「《竜殺し》の兄ちゃん。夜食でもどうだ？　ウチのスープは激辛の激旨《げきうま》、朝までバリバリだぜ！」

「あのぉ、コウ・コウサカさんですよね？　よかったら竜退治の話を聞かせていただけませんか？」

俺は人々の声に軽く応えつつ、街の北門へと向かった。

夜勤の衛兵にギルドカードを提示し、城門の裏口を開けてもらう。

「《竜殺し》殿、こんな夜更けに外出なんて珍しいですね。何かあったんですか？　はっ、まさか新たな竜が……」

「いや、そういうわけじゃない。ちょっと魔法の練習だ」

「なんと……！　もしや《竜殺し》殿は魔法が使えるのですか？」

「まだまだヒヨっ子だけどな」

「はは、ご謙遜を。それでは行ってらっしゃいませ！　お気をつけて！」

衛兵はピシッとした敬礼で俺のことを送り出してくれる。

街道沿いに北へ進んでいくと、やがて草原に辿《たど》り着く。

そこは以前、俺が黒竜を討伐した場所だ。

戦いの直後はペンペン草も生えないような焼け野原になっていたが、わずか十五日のあいだに元どおりの草原に戻っていた。すごい回復力だ。異世界の植物を現代に持っていけば、環境問題なんてすぐに解決するだろう。

「まあ、日本に帰るつもりはないけどな」

俺としてはこのまま異世界で気ままに暮らしていきたい。

草原をさらに北へ進むと山のふもとに辿り着く。

周囲にはチラホラと木が生えているので、これを実験台にさせてもらおう。

魔法の名前を言えば発動するんだよな。

俺は左手を近くの木に向けて叫んだ。

「ファイアアロー！」

次の瞬間、左手に熱いものが集まったかと思うと、手のひらのあたりから長さ一メートルほどの火矢が撃ち出される。

火矢は木を貫くと同時に巨大な炎に変わった。

炎はわずか数秒で木を燃やし尽くすと、そのまま消えてしまう。

周囲の木々や草花に燃え移ることはなかった。

常識的に考えればありえない状況だが、おそらく【フルアシスト】が調整をかけた結果だろう。

「なかなか便利だな」

延焼の危険がないということは、森の中でも躊躇《ちゅうちょ》せずに火炎魔法が行使できる。

これは覚えておくべきだろう。

「逆に、あえて燃え広がらせることもできるのか？」

せっかくだし試してみよう。

俺は回れ右をして、草原のほうへ向き直る。

威力とかの調整は音声入力だったよな。

「ターゲットは三十メートル先の草むら、その地点を中心に半径十メートル以内を焼き払え。――ファイアアロー」

俺の左手から一本の火矢が発射される。

結果から言えば、指定どおりの結果になった。

炎は草原の一ヶ所だけを円形に焼き払い、他の部分に燃え広がることなく自然に鎮火した。

「すごいな……」

ここまで器用に攻撃範囲を指定できるなら、今後、戦いの幅は大きく広がるだろう。

なかなか面白い。

俺がひとり頷《うなず》いていると、背後の森から唸《うな》り声が聞こえた。

「グルルル……」

振り返ってみると、そこにはロンリーウルフの姿があった。

オオカミ型の魔物であり、習性としては孤独を好む。

実際、周囲に他のロンリーウルフの姿はない。

敵はこの一匹だけだ。

ちょうどいい。

魔法での戦闘も経験しておきたかったし、練習に付き合ってもらおう。

「ガァァァッ！」

俺が左腕を構えた直後、ロンリーウルフが雄叫《おたけ》びをあげて襲い掛かってきた。

「ファイアアロー！」

「ギャンッ!?」

ロンリーウルフは真正面から火矢に貫かれ、大きく後ろへと跳ね飛ばされた。そのままピクリとも動かなくなる。

近づいて確認してみると、ちょうど心臓のところだけがピンポイントに焼き払われている。

やがて【自動回収】が発動し、その死体は【アイテムボックス】に回収された。

「丸焦げにはならないんだな」

俺がそう呟《つぶや》いた直後、【フルアシスト】が自動的に起動し、知識を補足してくれる。

どうやら魔物との戦闘において魔法を使う場合、その死体を素材として再利用できるよう、最小限の損傷で済ませてくれるらしい。

なかなか気が利くじゃないか。

俺が感心していると、遠くでカサカサ、カサカサ、と草の揺れる音がした。

どうやら新たな魔物がやってきたらしい。

「「「「ピピィ！　ピピィ！」」」」

次に現れたのは、ウサギのような魔物だった。

数はおよそ十四、どれも太い両腕を持ち、シャドーボクシングのような動きを繰り返している。

俺は【鑑定】を発動させた。

パンチラビット：肥大化した両腕を持つウサギ型の魔物。得意攻撃はパンチ。その毛皮は肌着の素材になる。

パンチするウサギだからパンチラビットか。

分かりやすい名前だな。

「「「「ピピピピィ！」」」」

パンチラビットたちは一斉に鳴き声をあげると、俺のほうへと殴り掛かってくる。

だが――こちらのほうが早い！

「一掃しろ、ファイアアロー！」

俺の左手から十本の火矢が弾《はじ》けるようにして放たれた。

火矢はパンチラビットたちの胸に突き刺さり、心臓だけを的確に燃やし尽くす。

戦いは一瞬で終わった。

【自動回収】が発動し、パンチラビットの死体が十四分、【アイテムボックス】に回収された。

それと同時に、脳内に無機質な声が響いた。


今回の経験値取得によりレベル92になりました。ＨＰ、ＭＰが増加、身体能力が向上します。


せっかくなので現在のステータスを確認しておこう。

レベル92、ＨＰ９５０、ＭＰ４７８００。

ＭＰとは一般的な魔術師の魔力量を１００としたときの相対値だ。

我ながらものすごい魔力量だと思う。

スキルは【転移者】【フルアシスト】【創造】【器用の極意】【匠《たくみ》の神眼】【アイテムボックス】【解体】【鑑定】【自動回収】【オートマッピング】【素材錬成】【災厄召喚】に【炎帝】を加えて十三個となる。この世界の住民たちはスキルを多くても三個しか持たないと言われているので、俺のスキル保有数は規格外と言える。

そのあとも俺はファイアアローの検証を続けた。

結論から言えば、とても使い勝手のいい攻撃魔法だ。

複数発の同時発射も可能だし、威力や攻撃範囲もかなり細かいところまで調整できる。

俺の発想次第では、戦闘以外の用途も見つけられそうだ。

ひとまず、魔法についてはこんなところか。

次はフライングポーションだ。

「空を飛ぶって、どんな感じなんだろうな」

正直、ものすごく興味がある。

俺は【アイテムボックス】を開き、フライングポーションを水袋に入れてから取り出した。

液体は透明で、口に含むとふくよかで芳醇《ほうじゅん》な旨《うま》みが広がる。

「……旨いな」

後味はスッとしており、上質な日本酒のような味わいだ。

飲み終わると同時に浮遊感があった。

フライングポーションの付与効果……《風の加護S＋》が発動したのだろう。

俺の身体は地面から三十センチほどのところに浮かんでいた。

直後、【器用の極意】が発動する。

これはありとあらゆるアイテムを使いこなすためのスキルで、次の瞬間、俺は《風の加護S＋》の扱い方を完全に理解していた。

「高度を上げてみるか」

どうやら姿勢を変えることで移動できるらしい。

俺はスッと背筋を伸ばし、かるく上を向いた。

すると身体が空高く上昇していく。

恐怖心はなかった。

むしろ空を自由に飛んでいることへの興奮のほうが勝っていた。

【転移者】の持つ精神耐性のおかげかもしれない。

高度に制限はないらしく、いつしか雲の上にまで辿り着いていた。

そこには満天の星が輝いていた。

「……すごいな」

天然のプラネタリウム。

視界を遮るものは何一つとして存在しない。

手を伸ばせば、星を掴《つか》むこともできそうだ。

そんな絶景に囲まれながら、俺は飛行の練習を始める。

身体を前に倒せば前進、後ろに反らせば後退。

姿勢がそのまま進行方向になるらしい。

ある意味、スキーやスノーボードに近い。

要領が掴めてきたので、ＵＦＯのようなジグザグ軌道や、宙返りのような動きも試してみる。

……よし。

自由自在に動けるようになってきたし、これなら空中戦も可能だろう。

俺はフライングポーションの効果時間が切れるちょっと前に、余裕をもって地上に戻った。

「そろそろ夜遊びは終わりにするか」

明日からは旅の準備で忙しいし、睡眠はしっかり取っておくべきだろう。

そのあと俺は徒歩でオーネンに戻った。

『静月亭《じょうげつてい》』の部屋に着いたのは午前〇時過ぎ、あらためてシャワーを浴びてベッドに寝転がる。


ああ、そうだ。

パンチラビットの死体だが、【解体】にかけると毛皮が手に入り、それを素材として『パンチラビットの肌着』が【創造】できた。

付与効果は《肌触りＡ＋》と《温度調節Ｓ＋》。着てみると確かにサラサラの質感で心地いい。

しかも常に身体にとって心地いい温度を提供してくれるそうだ。

これはいいものを手に入れた。

俺は大満足で眠りについた。

おやすみなさい。

第二話　馬車を作ってみた。

翌朝、俺が冒険者ギルドの正面ロビーに向かうと、そこにはアイリスの姿があった。

待ち合わせの午前九時まで、まだ十五分ほど余裕がある。

「おはよう、アイリス。待たせたか？」

「ううん、いま来たところよ」

アイリスはそう言って朗らかに笑い、俺の左横に並んだ。

二人で歩くときは、いつもこの位置関係だ。

最近はアイリスがいないときもチラリと左側を見てしまうことがある。

まあ、毎日のように顔を合わせているわけだし、仕方のないことかもしれない。

一種の慣れみたいなものだろう。


俺たちはオーネンの街を出ると南東へ向かった。

街道近くの森に入り、奥の崖下に隠されたドアを開け、地下への階段を下りていく。

最後にトンネルを抜けると、そこは地底のはずなのに、青空と草原が広がっていた。

「何度もここに来ているけど、不思議な光景よね」

「まったくだ」

アイリスの言葉に、俺は頷《うなず》く。

あくまで個人的な見解だが、あの空は立体映像のようなものなのだろう。

古代文明の技術レベルは非常に高い。偽物の空を作り出すくらいは簡単なはずだ。

実際、目を凝らせば雲のような白いモヤの向こうに石造りの天井がチラチラと覗《のぞ》いており、目線を空から地上に戻せば、遠くに家々が立ち並んでいる。

以前、俺が【創造】で生み出した街だ。

街のほうへと歩き始めると、草原の向こうから半透明のまるい生物が四匹、ぴょこぴょこと跳ねながら近づいてきた。

古代のテクノロジーによって生み出された魔導生物、おせわスライムだ。

性格はとても人懐《ひとなつ》っこく、掃除・洗濯・料理など、身の回りの世話について達人級の腕前を持つ。

王都への旅にも同行させたいが、行動範囲に制約があり、地下都市の外には出られないようだ。

何かいい方法があればいいんだけどな。

スライムたちは俺とアイリスの手前で動きを止めると、すこし縦長になってお辞儀をした。

「「「「マスターさん、アイリスおねえさん、おかえりなさい！」」」」

おせわスライムたちは声を揃《そろ》えてそう言うと、嬉《うれ》しそうな表情で俺たちを歓迎してくれる。

その姿は、眺めているだけで心が癒《いや》される。

「ねえ、コウ……」

アイリスは俺の耳元に顔を寄せると、困ったように呟《つぶや》いた。

「この空気で『旅に出る』って言うの、ものすごく気まずくない……？」

「まあ、な」

スライムたちは寂しがるだろう。

そのことを思うと、申し訳ない気持ちになってくる。

とはいえ、問題を先送りにしたところで何も解決しない。

言うべきことはきっちり言わないとな。

俺は深呼吸すると、スライムたちに向かって告げた。

「実は近いうちにオーネンを離れることになった。地下都市にもしばらく戻れない」

その言葉によって沈黙が訪れる。

スライムたちはピタッと動きを止め、俺のほうに視線を向ける。

そして――

「えええええええっ！　マスターさん、いなくなっちゃうの!?」

「でも、そのうち帰ってくるんだよね？」

「気をつけていってらっしゃい！」

「ぼくもおともしたいけど、地下都市からは出られないんだよね……」

一匹のおせわスライムが残念そうにため息をつく。

そのときだった。

俺の持つスキルのひとつ……【フルアシスト】が自動的に起動し、脳内で無機質な声が響いた。

地下都市のメインシステムを書き換えることにより、おせわスライムを一匹、地上に同行させることが可能となります。システムの書き換えを実行しますか？

もちろんだ、すぐにやってくれ。

おせわスライムはその名のとおり、人間のおせわを得意とする。

もし同行してくれるなら、旅はとても快適なものになるだろう。

やがて、一匹のおせわスライムがやわらかな光に包まれた。


システムの書き換えには九十六時間を要します。しばらくお待ちください。


どうやら、おせわスライムを地下都市から連れ出せるのは九十六時間後……四日後のことらしい。

「わあっ！　なんだか身体がぽかぽかするよ。マスターさん、ぼく、どうなっちゃったの？」

「いま、地下都市のメインシステムを書き換えてるんだ。それが終わったら外出できるぞ」

「えええええええっ！　じゃあ、ぼく、マスターさんと一緒にお外に行けるの!?　やったー！」

おせわスライムはピカピカとした光に包まれたまま、嬉しそうに俺のまわりを跳ね回る。

「わーいわーい！　ぼく、マスターさんのおともができるよ！　おともスライムだよ！」

「よかったね！」

「マスターさんのこと、よろしくね！」

「ぼくたちのぶんまで、しっかりおせわしてきてね！」

他の三匹も、まるで自分のことのように喜んでいる。

そんな和やかな雰囲気のなか、再び脳内に声が聞こえてくる。

同行予定のおせわスライムに名前をつけてください。


なんだって？

急にそんなことを言われても困るんだけどな。

俺が「うーん」と唸《うな》っていると、隣にいたアイリスが声をかけてくる。

「どうしたの、コウ」

「ちょっと名前を考えてるんだ」

「地上に連れていく子の名前かしら。そうね……『おせせ』とか『せわわ』はどう？」

微妙だな。

だが、種族名をもじる、という方向性は悪くない。

「『スララ』ってのはどうだ？」

「いいと思うわ。あたしの案よりも可愛《かわい》いわね」

アイリスも同意してくれたし、『スララ』にするか。


同行予定のおせわスライムを『スララ』として登録します。よろしいですか？


ＯＫだ。

俺が頷くと、同行予定のおせわスライムがピタリと動きを止め、こちらを振り向いた。

「マスターさん、いま、地下都市のメインシステムから連絡がきたよ！　名前、つけてくれたの？」

「ああ」

「ねえねえ、せっかくだから呼んでほしいな！」

「スララ？」

「はーい！　ぼくはスララだよ！　マスターさん、素敵な名前をありがとう！　えへへ！」

どうやらスララは名前を気に入ってくれたらしい。


そのあともスララはしばらく上機嫌で「ぼくの名前はスララだよ！　わーい！」などと言いながら、草むらで飛んだり跳ねたりを繰り返していた。

だが五分ほどすると疲れてきたらしく、だんだんその動きは鈍くなり、表情は眠たげなものに変わっていった。

「むにゃ……。ぼく、なんだか眠くなってきちゃった……。すぴー」

スララは眼《め》を閉じると、穏やかに寝息を立て始める。

随分と唐突だが、システムの書き換えが進行しているせいだろうか？

パソコンのアップデートで再起動が挟まるようなものかもしれない。

「スララ、ねちゃったね」

「おふとんまではこんであげよっか」

「うん、それがいいよ！」

三匹のおせわスライムは顔を寄せ合って相談すると、最後にうんうんと頷き合った。

「じゃあ、ぼくと――」

「ぼくがスラをはこぶね」

「いってらっしゃい！　ぼくはマスターさんにプレゼントをわたしておくね！」

二匹のおせわスライムは両手を伸ばすと、まるで神輿《みこし》のようにスラを担ぎ上げ、草むらの向こうに広がる街へと運んでいった。

俺はその姿を見送ったあと、残った一匹のおせわスライムに話しかけた。

「さっき、プレゼントって言ってたけど、何かあるのか？」

「わあっ！　マスターさん、聞こえてたの!?」

「まあ、大声で話してたからな……」

俺がそう突っ込むと、左横でアイリスがくすっと小さく笑った。

「そうね。普通に聞こえちゃってたわね」

「えっと、マスターさんはもうすぐ旅に出るんだよね？　地下都市の倉庫にいいものがあるから、ちょっと見てほしいよ」

おせわスライムはそう言うと、口をあーんと大きく開いた。

そこからポーンと出てきたのは、キャンピングカーほどのサイズの馬車だった。

地下都市の倉庫は【アイテムボックス】のような亜空間になっており、おせわスライムの口と繋《つな》がっている。以前、おせわスライムの口から安楽椅子が出てきたことがあったが、今回の馬車はそれ以上の大きさだ。物理法則とか色々と無視しすぎではないだろうか。

「まだまだあるよ！」

おせわスライムがそう宣言した直後、口からポポポポーンと四台の馬車が飛び出した。

最初の馬車と合わせると、合計で五台ある。

【鑑定】してみると、いずれも古代文明のころに作られたものであり、内装がそれぞれ異なっているようだ。

「これは馬車の中にキッチンが付いてるよ！　あっちはふかふかのベッドが二つも積んであるし、そっちは小さいけど二階建てなんだよ！」

「……全部あわせて一つにしたら、すごい馬車になりそうね」

アイリスがそう呟くと、おせわスライムは「うん！」と大声をあげて頷いた。

「マスターさんは【創造】を持ってるよね？　よかったらこれを素材に使ってほしいよ！　そうしたら、ものすごい馬車ができるかも！」

「それは面白そうだな」

せっかく旅に出るわけだし、自作の豪華馬車で移動するのもアリだろう。

よし、試してみよう。

俺は五台の馬車を【アイテムボックス】に収納する。

すると脳内に新たなレシピが浮かんだ。

おせわスライムの言うとおり、五台の馬車すべてを素材に使うことで、新たな大型馬車を作り出せるようだ。

さっそくスキルを発動させる。

「――――【創造】」

グランド・キャビン：コウ・コウサカによって【創造】された世界最大級にして最高級の馬車。二階建てとなっており、リビングやダイニング、キッチン、ベッドルームなどが用意されている。付与効果：《物理防御強化S＋》《魔法防御強化S＋》《風防A＋》《ゴーレム合体EX》

説明文には「世界最大級にして最高級の馬車」と書かれている。

これはまた随分と大仰な馬車ができたものだ。

名前はグランド・キャビンという。

《物理防御強化S＋》と《魔法防御強化S＋》を持つため、その防御性能は非常に高い。

もし魔物に囲まれたとしても、馬車に籠城《ろうじょう》しての迎撃戦も十分に可能だろう。

《風防A＋》は風の悪影響を遮断する効果があり、向かい風に妨げられることなく加速できるし、横からの強風に煽《あお》られて馬車が転倒することもない。

だが最大のポイントは《ゴーレム合体EX》だろう。

どうやらこの馬車――グランド・キャビンは、馬ではなく、ゴーレムに引かせる前提で作られており、合体することによって真の性能を発揮するようだ。

合体は男のロマン。

そんなことを考えていたら、脳内に声が聞こえた。

スキル経験値取得により、【創造】がランク16になりました。スキルの機能が追加されます。

おっと、どうやらスキルランクが上がったらしい。

機能が拡張されたらしいが、いったい何ができるようになったのだろう？

俺が疑問を覚えると、すぐに【フルアシスト】が情報を補足してくれる。

……なるほどな。

今までの【創造】は【アイテムボックス】内のアイテムしか素材にできなかった。

だが次回からは【アイテムボックス】外のモノであっても、手に触れていれば【創造】の対象にできるようだ。

たとえば、地面。

ランクアップを続けていけば、たとえば荒れ地に森を【創造】することも可能になるらしい。

もちろん森の素材として木々を調達する必要はあるが、それを差し引いてもすごい効果だ。

神様のスキルと呼ばれるだけのことはあるな。

さて、機能の確認も終わったことだし、グランド・キャビンの実物を見るとしよう。

俺は脳内で【アイテムボックス】のリストを開き、グランド・キャビンの取り出しを念じた。

地面に魔法陣が浮かび、そこから巨大な物体がゆっくりと上昇してくる。

「わぁ……！」

「大きいわね……」

おせわスライム、そしてアイリスが揃《そろ》って驚きの声をあげる。

グランド・キャビンは、まさに世界最大級という言葉にふさわしいサイズだった。

全長は十五メートル以上、しかも二階建てだ。

その圧倒的な質量感は、移動要塞《ようさい》というべき威容と風格を漂わせている。

先頭には御者台が付いており、その部分だけが辛うじてこれが馬車であると主張していた。

乗降口のドアは車体の左側前方にあった。

「とりあえず、中に入ってみないか？」

「そうね。……こんな立派な馬車、生まれて初めてだわ」

「マスターさんの馬車、すごいね！」

俺はアイリスとおせわスライムを連れ、グランド・キャビンに乗り込む。

入ってすぐ左側には階段と、前方の御者台につながるドアがある。

一階は三つのエリアに分かれており、前からリビング、ダイニング、キッチンとなっていた。

リビングには大きめのソファが向かい合わせに置かれ、窓から外の景色を眺めることができる。

壁にはちょっと大きめの時計が掛けてあり、午前十時過ぎを指していた。

ダイニングは四人掛けで、テーブルとイスは暖かみのある木製だ。

その向こうにはキッチンがあり、手前と奥にそれぞれ魔導コンロが一台ずつ置かれ、水道や広めの調理台なども完備されている。食器棚を見れば、その中には食器や調理器具がすべて揃っていた。

「これだけあれば、旅先で料理ができそうだな」

「オーネンを出発する前に、食材と調味料を買い込んでおいてもよさそうね」

「ぼくも、こんなキッチンでお料理をしてみたいよ！」

一階はこんなところだろう。

次は二階に行こう。

階段を上ると、奥に向かってまっすぐに通路が伸びている。

手前にはベッドルームが二つあり、それぞれキングサイズのベッドが一台ずつ置かれていた。

通路の奥はトイレとバスルームに繋がっており、バスルームにはシャワーと浴槽が揃っている。

なんというか、至れり尽くせりだ。

アイリスも俺と同じことを思ったらしく、感嘆のため息をつきながらこう言った。

「すごく豪華だし、居心地もよさそうね。いっそ住みたいくらいだわ……」

「風呂もキッチンもあるし、自宅としても普通に使えそうだよな」

「まるで動くおうちだね！」

おせわスライムはそう言ったあと、まるで首を傾《かし》げるかのように、まるい身体を「く」の字に折った。

「でもマスターさん、この馬車って、どうやって動かすの？」

「それはあたしも気になっていたわ。かなりの重量だし、馬が十頭は必要よね」

「大丈夫だ、心配しなくていい。ゴーレムに引いてもらうからな」

「どういうこと？」

「今から実演するさ。とりあえず、外に出ようか」

というわけで、俺たちは一階に下りると、そのまま馬車から出た。

「それじゃあ、始めるぞ」

俺は【アイテムボックス】のリストからデストロイゴーレムを選択する。

デストロイゴーレムは、俺がこの地下都市の入口で倒したオリハルコンゴーレムをベースに【創造】した新型の古代兵器だ。

……「新型の古代兵器」という言葉はものすごい矛盾を孕《はら》んでいる気もするが、それはさておき、戦闘能力は非常に高い。

先日の戦いでは、黒竜が復活する直前に三万匹を超える魔物がオーネンの街に押し寄せた。

その際、デストロイゴーレムは頭部の超高出力魔導レーザー砲により、一瞬にして魔物の群れのほとんどを消し飛ばしている。

俺にとっては非常に頼れる仲間の一人だ。

いや、ロボットだから一台と呼ぶべきだろうか。

一家に一台、デストロイゴーレム。世界を滅ぼせる力をあなたの家にお届けします。

……そんな世の中は物騒すぎるので遠慮したい。

まあ、冗談はここまでにしておこう。

俺が【アイテムボックス】からデストロイゴーレムの取り出しを念じると、地面に魔法陣が浮かんだ。その中から鋼鉄の黒い巨人がゆっくりとせり上がってくる。

まるでロボットアニメの出撃シーンのようだ。

「オ久シブリデス、マスター！　命令ヲドウゾ！」

デストロイゴーレムはその無骨な外見とは裏腹に、今日も元気いっぱいだった。

「実は旅に出るんだが、馬車がものすごく大型なんだ。引くのを頼んでいいか？」

「オオオッ！　コレハ、素晴ラシイ馬車デスネ！　オ任セクダサイ！」

デストロイゴーレムは、ドン、と頼もしげに自分の胸を叩《たた》くと、馬車へと近づいていく。

そのとき、【フルアシスト】が自動的に起動し、脳内に声が聞こえた。


デストロイゴーレムをグランド・キャビンと合体させますか？


俺は大きく頷いた。

次の瞬間、馬車の前面から金属製のパーツが飛び出し、デストロイゴーレムの腕や腰にカシャンカシャンと嵌《はま》っていく。

付与効果のひとつ、《ゴーレム合体ＥＸ》が発動したらしい。

「ガッタイ！　グランド・デストロイゴーレム！」

デストロイゴーレムはそう叫ぶと、両手をめいっぱい伸ばしてポーズを取った。

まるでロボットアニメのようだ。

さて、合体によって何がどう変わったのだろう。

俺は【鑑定】を発動させる。

グランド・デストロイゴーレム：グランド・キャビンと合体することで強化されたデストロイゴーレム。《ゴーレム合体ＥＸ》の影響により魔導炉心の基礎出力が飛躍的に向上している。
付与効果：《高度演算機能Ａ＋》《魔物探知Ｓ》《永久機関Ｓ＋》《出力上昇Ｓ＋》

デストロイゴーレムの名前に「グランド」の四文字が増えていた。

付与効果としては《出力上昇S＋》が追加され、グランド・キャビンという巨大な質量を引いている状態でありながら、移動速度はむしろ上昇している。

「皆サン、ドウゾ、オ乗リクダサイ」

デストロイゴーレムがそう言うと、馬車の扉が自動的に開いた。

これも《ゴーレム合体ＥＸ》によるものだろう。

俺たちはあらためて馬車に乗り込むと、リビングのソファに座った。

「コレヨリ、発車シマス！」

デストロイゴーレムの声が、天井から聞こえた。

どうやらスピーカー型の魔導具が内蔵されているらしい。

ゴトゴトと小刻みに足元が揺れ、馬車が動き始める。

最初はゆっくりと、そこから徐々に速度を増していき、やがて周囲の景色がビュンビュンと流れ始める。

「わーい！　はやい、はやい！」

おせわスライムは窓から外を眺めながら、キャッキャと楽しそうにはしゃいでいる。

「すごい速度ね……」

アイリスは感嘆のため息をついた。

「これならフォートポートまですぐに辿《たど》り着けると思うわ」

「だったら、途中で観光するのもよさそうだな」

「賛成よ。せっかくだし、楽しく旅をしましょうか」

俺とアイリスがそんな話をしていると、【オートマッピング】が立ち上がり、青白いウィンドウがポンと現れた。

そこにはオーネンから港町のフォートポートまでの地図が描かれており、さらに、この馬車を使ってフォートポートまで直行する場合の推奨ルートと所要日数が表示されていた。

ふむふむ……。

【オートマッピング】の推奨ルートでは、オーネンを出たあと、トゥーエという街で一泊、そのあとスリエという街でさらに一泊、そしてフォートポートに到着……という行程になっている。

合計で三日間の旅だ。

「アイリス、このルートはどう思う？」

「……悪くないわね」

「改善点がある、ってことか？」

「トゥーエとスリエはどっちも有名な観光地なの。一泊だけではもったいないし、そこさえ調節すれば完璧な旅行プランになるわ」

アイリスは感心したように頷きながら、【オートマッピング】のウィンドウに見入っている。

「それにしても、観光を抜きにしたらフォートポートまで三日で辿り着けるなんて、この馬車、ものすごい速度ね。昨日も言ったけれど、普通なら十日はかかる距離なのよ」

つまりグランド・キャビンは、一般的な馬車の三倍以上の速度で動くことができる、ってことか。

デストロイゴーレムが馬の代わりをやっているから魔物に遭遇しても安心だし、ベッドルームやキッチンなども揃っている。

移動手段としては、まさに完璧そのものだ。

なんだかワクワクしてきたな。

馬車はしばらく地下都市の草原を走り回っていたが、やがて速度を落とし、ゆるやかに停車した。

俺たちはソファから立ち上がり、グランド・キャビンの外に出る。

「オ疲レサマデシタ、マスター！　乗リ心地ハ、イカガデシタカ？」

「よかったよ。出発当日もこの調子で頼む」

「承知シマシタ！　オ任セクダサイマセ！」

デストロイゴーレムは両足を揃えると、ガシャン、と敬礼をした。

俺はその姿に苦笑しつつ、【アイテムボックス】への収納を命じる。

地面に魔法陣が浮かび、デストロイゴーレムとグランド・キャビンはその中へと吸い込まれた。

さて、地下都市での用事はこれくらいかな。

午後からはスカーレット商会に行って、旅のスケジュールについて相談しよう。

第三話　旅の予定について話し合ってみた。

俺とアイリスはおせわスライムに別れを告げ、地下都市を出た。

オーネンの街に戻り、軽めの昼食を済ませると、スカーレット商会の事務所に向かう。

「コウ・コウサカ様とアイリスノート・ファフニル様ですね。ミリア様からお話は伺っております。本日はお忙しいところお越しいただき、誠にありがとうございます」

受付の女性は若いが、とても丁寧な物腰だった。

スカーレット商会は大きな組織だけあって、商会員の教育もきちんと行われているようだ。

俺たちは事務所の二階にある応接室へと案内された。

「しばらくこちらでお待ちくださいませ。いま、大旦那様を呼んでまいります」

応接室の中央には三人掛けのソファが二つ、木製の黒いテーブルを挟むように置いてある。

どれも高級そうな雰囲気だ。

俺とアイリスは、ひとまず、ソファに並んで腰掛けた。

「なんだか緊張してきたわ」

「そう硬くなることはないさ」

大旦那様というのは、おそらくクロムさんのことだろう。

俺としては親しい相手なので、そこまでプレッシャーは感じない。

やがて応接室の扉がガチャリと開いた。

「どうもお久しぶりです、コウ様、アイリス様。最後にお会いしたのは黒竜討伐の祝勝会でしょうか。お変わりないようで安心しました」

応接室にやってきたのは、やはりクロムさんだった。

左手には高級そうな革の鞄《かばん》を持っている。

「さて、このたびは王都での表彰、おめでとうございます。旅の手配についてはスカーレット商会にお任せください。コウ様にはアーマード・ベアから助けていただいた恩もありますし、全力を尽くさせていただきます」

「ありがとうございます、クロムさん。いつもお世話になってばかりで……」

「いえいえ、お気になさらないでください。これくらい当然ですとも。まずは王都までの移動についてお話ししましょうか」

そう言ってクロムさんは向かいのソファに腰掛けると、鞄から地図を取り出した。

地図には街や街道の位置関係がとても細かく描かれており、魔物の生息地についても付記されている。

オーネンの街は地図だと左下のほうに位置しており、近くにファトス山脈とセロの森がある。

「王都に行く場合、途中で船を使うのが一般的となっておりますが、お二人ともそれでよろしいですか？」

「はい、俺は大丈夫です」

「そうね。陸路だけで行くのは遠回りすぎるもの」

俺とアイリスが答えると、クロムさんは深く頷《うなず》いた。

「承知しました。それでしたら、オーネンから北東に街道を進んで、港町のフォートポートから船に乗るのが一番でしょうな」

北東……つまり右上だな。

テーブルの上の地図を確認してみよう。

オーネンから出ている街道は、途中でいくつかの街を経て、最終的にフォートポートに繋《つな》がっている。ほとんど一直線の経路になっており、非常に分かりやすい。

「ところでフォートポートまでの移動ですが、私としては馬車を手配しようかと考えております。ただ、コウ様は色々と便利なスキルやアイテムをお持ちのようですし、そちらを利用するのであれば、遠慮なく仰《おっしゃ》ってください」

「お気遣いありがとうございます。実は馬車は自前のものがありまして……」

「やはりそうでしたか。コウ様のことですから、きっと規格外の馬車なのでしょうな。よろしければ、のちほどお見せいただけませんか？」

「もちろんです。ところで旅のスケジュールについて相談なんですが――」

俺はそう前置きしてから、グランド・キャビンの移動速度がとても速く、その気になれば三日でフォートポートに到着できることを説明した。

「――ですから日程的に余裕もありますし、トゥーエとスリエに立ち寄って観光を楽しもうかな、と考えています」

「なるほど、それは素晴らしいアイデアですな」

クロムさんは俺の話を聞き終えると、笑顔で頷いた。

「トゥーエには大きな牧場がありますし、スリエは非常に有名な温泉街です。どちらもコウ様を楽しませてくれるでしょう。

それから俺たちは各街での滞在日数について話し合った。

トゥーエは二泊三日、スリエは三泊四日、そして最後のフォートポートだが、こちらも見どころの多い街らしく、三泊四日してから王都行きの船に乗ることになった。

行程をまとめると、次のようになる。

一日目―オーネン出発、トゥーエ到着
二日目―トゥーエ観光
三日目―トゥーエ出発、スリエ到着
四、五日目―スリエ観光
六日目―スリエ出発、フォートポート到着
七、八日目―フォートポート観光
九日目―フォートポート出発、王都行きの船に乗る

こうやって眺めてみると、なかなか盛りだくさんの旅だな。

「そういえばフォートポートには新しくカジノができたらしいわね」

ふと、アイリスが思い出したように呟《つぶや》いた。

「あたし、カジノって行ったことがないから気になってるのよね。どんな場所なのかしら」

「フォートポートのカジノについては私も聞き及んでおります」

クロムさんが頷きながら言う。

「カードやルーレットといった基本的なゲームはもちろんのこと、賞金付きのアスレチック、ワンフロアをまるごと使った大迷路、地下室からの脱出を目指す謎解きイベントなど、色々なものが用

意されているそうです。評判は上々のようですな」

それはなかなか面白そうだ。

クロムさんの話から想像するに、フォートポートのカジノというのは異世界版の総合アミューズメントセンターみたいなものだろう。

なんだかゲーマーの血が騒いできたぞ。

「それぞれの街での宿泊先については私のほうで手配いたします。費用についてはご心配なく。国と冒険者ギルドからすでに予算はいただいておりますし、もし不足するようであれば、そちらはスカーレット商会のほうで負担いたします」

「いいんですか？」

「はい。コウ様とアイリス様は命懸けでオーネンの街を守ってくださいました。そのことに対するささやかな返礼とお考えください。それに、王都で表彰されるような方と繋がりを持っておくのは、商会にとっても利益になりますので」


旅の大まかなスケジュールも定まったところで、次はもうすこし細かい部分を詰めていく。

まず出発日だが、旅の支度を整えるための時間も考えて五日後の昼過ぎとなった。

そのころには地下都市のシステム書き換えも終わっているだろうし、おせわスライムのスララを連れていくことも可能になっているはずだ。

……あれ？

そういえば、スララは街に入ったり、宿に泊まったりできるのだろうか？

魔物と間違えられてトラブルを引き起こす可能性もあるし、クロムさんに相談しておこう。

「――承知いたしました。おせわスライムを一匹、旅に同行させるのですね」

以前、黒竜が復活したときには、俺はオーネンの人々を地下都市に避難させたことがあり、クロムさんはおせわスライムにも会っている。

そのため、おせわスライムについて詳しく説明する必要もなく、話はスムーズに進んだ。

「オーネンでは見かけませんが、世の中には魔物をペットにするスキルもございます。代表的なのは【テイム】ですな」

そんな面白そうなスキルがあるのか。

魔物使いって、ちょっとしたロマンだよな。

たとえばアーマード・ベアを引き連れての冒険とか、想像するだけでワクワクしてくる。

そんなことを考えながら、俺はクロムさんの話に耳を傾ける。

「【テイム】した魔物には、慣例として、首輪などの装飾品をつけることになっております。それによって、その魔物が安全であることを周囲にアピールするわけですな。おせわスライムが魔物でないことは承知しておりますが、参考になさってはいかがでしょうか？」

「なるほど……」

俺は深く頷いた。

現代日本でも、犬や猫を飼うときには首輪をつける。

それによって野良と区別するわけだが、魔物をペットにする場合も同じなのだろう。

「【テイム】された魔物なら、昔、他の街で見たことがあるわ」

アイリスが、思い出したように呟いた。

「尻尾にリボンを結んだロンリーウルフだったけど、なかなか可愛《かわい》かったわね」

「首輪以外でも、装飾品なら何でもいいってことか」

「人間の服を着せることもあるみたいね」

それは分かりやすいな。

「でも、おせわスライムに似合いそうなのは帽子よね。あとで買いに行かない？」

ああ、分かった……と言いかけて、ふと、俺は思い出す。

そういえばおせわスライムって、自分で帽子とか服とか持ってなかったか？

以前、地下都市に行ったとき、コック帽にエプロンというシェフスタイルのおせわスライムや、麦わら帽子にオーバーオールの農家スタイルのおせわスライムを見た記憶がある。

直後、【フルアシスト】が起動して情報を補足してくれた。

おせわスライムの服装（コスプレ？）は地下都市からの持ち出しが禁止されているらしい。

つまり、スララの帽子はこっちで用意する必要があるってことか。

「ふふ、どんなふうに着飾ろうかしら。楽しみになってきたわ」

アイリスはなんだかワクワクしているみたいだし、ある意味、結果オーライというところだろう。

ともあれ、これで街の出入りについての問題は解決した。

あとは宿だが、こちらはクロムさんのほうでペットの同伴が可能な宿を押さえてくれるそうだ。

「いずれの宿もスカーレット商会の系列となっておりますので、紹介状を用意しておきますので、現地の者にお渡しください。おせわスライムの宿泊を断られることはないでしょう」

「ありがとうございます、クロムさん。お手間をおかけしてすみません」

「いえいえ、構いませんとも」

クロムさんはニコリと人の良さそうな笑みを浮かべた。

異世界に来て最初に出会った相手がクロムさんだったのは、本当に幸運だと思う。

「それより話も一段落つきましたし、コウ様の馬車をお見せいただけませんかな。実は私、珍しい馬車というものに眼《め》がない質《たち》でして……」

「分かりました。ただ、かなり巨大な馬車なので街の外に出たほうがいいと思います。お時間、大丈夫ですか？」

「もちろんですとも。以前にお伝えしたように、私は商会長の座を息子に譲るつもりでして、引き継ぎはほとんど終わっております。時間ならたっぷりありますので、お気になさらないでください」

というわけで、俺はアイリスとクロムさんを連れ、ひとまずオーネンを北門から出た。

街からすこし離れた草原のところで立ち止まり、【アイテムボックス】を開いた。

デストロイゴーレムとグランド・キャビンの取り出しを念じると、地面に大きな魔法陣が浮かぶ。

魔法陣が輝きを放ち、巨人と巨大馬車がズズズズズ……と一緒に現れる。

最初から《ゴーレム合体ＥＸ》は発動しているらしく、両者は金属製のパーツとワイヤーで繋がっていた。

「おおおおおおおおおおおおおおおっ！」

クロムさんが感嘆の声をあげた。

いつになく興奮しているのは、珍しい馬車を前にしたせいだろうか。

まるで子供のように眼をキラキラさせ、色々な角度から馬車を眺めている。

「これは、素晴らしい！　ここまで立派なものは、今までに見たことがありません！」

「アリガトウゴザイマス。オ褒《ほ》メイタダキ、光栄デス」

デストロイゴーレムがペコリとクロムさんに向かってお辞儀をする。

「こ、これはご丁寧に……。コウ様、このゴーレムはもしや、大氾濫《スタンピード》のときの――？」

「はい。そのとおりです」

大氾濫《スタンピード》とは一度に数千匹から数万匹の魔物が現れ、近隣の街や村などに大挙して雪崩《なだれ》込むという非常に恐ろしい現象だ。

以前の戦いでは黒竜の復活とほぼ同じタイミングで大氾濫《スタンピード》が起こり、三万匹を超える魔物がオーネンの街へと押し寄せた。本来ならば大きな被害が出ていただろう。

だが、デストロイゴーレムの超高出力魔導レーザーによって魔物の軍勢は消し飛び、オーネンの街は守られた。

俺としても、黒竜との決戦を前にしての消耗は避けたかったので、デストロイゴーレムにはとても感謝している。

アイリスともども、俺にとってはかけがえのない仲間だ。

それはさておき、俺はクロムさんに声をかけ、グランド・キャビンの中を案内した。

リビング、ダイニング、キッチン、さらにベッドルーム二つにバスルーム。

すべてを見終わって外に出ると、クロムさんは至福の表情を浮かべて呟いた。

「いやはや、まるで天国のような場所でした……。私もこんな馬車で旅をしてみたい、いえ、日々の生活を送りたいものです……」

こんな言葉が出るあたり、クロムさんは本当に馬車が好きなのだろう。

俺とアイリスは顔を見合わせると、軽く苦笑した。

「ところでコウ様、ひとつよろしいですかな」

しばらくするとクロムさんは我に返り、いつもの穏やかな顔で俺に話しかけてきた。

「ゴーレムの引く馬車というのは非常に珍しいですし、もしかしたら魔物の襲撃と間違えられるかもしれません。各地の衛兵にはスカーレット商会を通じて通達を出しておきましょうか」

言われてみれば、確かにその可能性はある。

面倒事を避けるためにも、事前の連絡は入れておくべきだろう。

「クロムさん、お願いしてもいいですか？」

「承知いたしました。出発日までには手配を整えておきますので、どうぞご安心ください」

そのあと【アイテムボックス】にデストロイゴーレムとグランド・キャビンを収納し、俺たちは街へと戻った。

話し合うべき事項はもう残っていないので、スカーレット商会の事務所前で解散となる。

あとは出発の日を待つだけ……と言いたいところだが、まだまだやるべきことは多い。

お世話になった人たちへの挨拶回り、家や宿の片付け、アイテムの補充――。

グランド・キャビンで料理をする可能性もあるから食材や調味料も揃《そろ》えておきたいし、スララの帽子も買う必要がある。

出発までの五日間、なかなか忙しくなりそうだ。

とはいえ、日本で引っ越しをする場合に比べればずっと楽だし、ひとつひとつ丁寧にこなしていこう。

第四話 ミリアの意外な一面を目撃してみた。

俺たちが旅の支度をすべて終わらせたのは、それから三日後……六月十四日の夜だった。

「これで準備完了だな」

「お疲れさま、コウ。出発は二日後だし、明日はのんびり休みましょう」

「賛成だ。久しぶりに昼まで寝られそうだ」

「次に会うのは出発当日かしら。それじゃあ、おやすみなさい」

「ああ、おやすみ」

俺はアイリスを家に送っていったあと、宿……静月亭《じょうげつてい》に戻った。

時間としては午後十時過ぎだ。

フロントを通りかかると、男性従業員に呼び止められる。

「コウ・コウサカ様ですね。レリック・ディ・ヒューバート様からお手紙が届いております。部屋のドアポストにお入れしましたのでご確認ください」

レリックは公爵家の三男坊で、いかにも学者風の外見をした細身の青年だ。

俺が古代文明の地下都市を発見したことで知り合いになり、以来、良好な友人関係を築いていた。

現在、レリックはオーネンにいない。

この地域を治める領主……メイヤード伯爵の館《やかた》がある領都メイヤードに向かっているはずだが、手紙をくれるなんていったい何があったのだろう。

そんなことを考えながら俺は自分の部屋でレリックからの手紙を開けた。

字は丁寧で読みやすく、人柄の良さを感じさせるものだった。

『親愛なるコウさんへ。

領主のメイヤード伯爵ですが、どうやら療養のため北東のスリエという街に滞在しているようです。病状も気になるので、ちょっと行ってこようと思います。

話は変わりますけれど、コウさん、王都で表彰されるそうですね！　おめでとうございます！　式典にはボクも参加するつもりなので、またそちらでお会いしましょう！

レリック・ディ・ヒューバート』

くだけた文面からは貴族らしさというものが抜け落ちていたが、レリックの性格を考えれば納得できる。

「しかし、スリエか」

それは明後日からの旅において、俺とアイリスが立ち寄る予定の街のひとつだった。

温泉街として有名であり、三泊四日で温泉巡りをするつもりだ。

「もしかしたら、現地でレリックに会えるかもしれないな」

そんなことを考えつつ、俺は手紙を【アイテムボックス】に収納した。

シャワーを浴びてベッドに寝転がると、眠気はすぐに訪れた。

この数日は旅の準備で忙しかったが、それが終わったことで緊張の糸が切れたのかもしれない。

おやすみなさい。


翌日、俺は【フルアシスト】の声で目を覚ました。

システムの書き換えが完了しました。

個体名『スララ』は地下都市からの外出が可能になります。

合流予定の場所と時間を指定してください。

どうやらシステムの変更が終わったようだ。

現代日本人の感覚としては、こういう作業にはエラーがつきものというイメージだが、トラブルも遅延も起こっていない。素晴らしい話だ。うちの会社も見習ってくれ。

「ふぁ……」

俺は小さくあくびをして、ベッドから身を起こす。

目の前には青白いウィンドウが浮かんでおり、そこにはオーネン周辺の地図が描かれていた。

「これで合流地点を指定すればいいのか？」

俺は地図を見ながら考える。

オーネンからトゥーエに向かう街道は、最初、少しだけ南東に向かい、そこから大きくカーブして北東へ伸びていく。

アルファベットの『J』を少しだけ右に傾けたような形をイメージすればいいだろう。

そして、南東の大きなカーブの下端あたりでセロの森をかすめる形になっており、ここは地下都市の出入口からもそう遠くない。スララと落ち合う場所としては最適といえる。

俺はウィンドウの地図に手を伸ばし、カーブの下端をタッチした。

その直後、脳内に「ここを合流地点としますか？」という声が聞こえてくる。

小さく頷《うなず》くと地図のウィンドウが消え、また新たなウィンドウが現れた。

そこにはダイヤル式の時計が描かれていた。

「次は合流時間の指定かな」

時計の操作方法はスマートフォンのタイマーを設定するのに似ていた。

指で数字を弾《はじ》いてくるくる回し、明日の昼過ぎに設定する。

よし、これで大丈夫だな。

俺は一息つくと、再びベッドで横になり――いつのまにやら二度寝していた。


次に目を覚ましたのは昼過ぎだった。

俺は静月亭を出たあと、外で食事を済ませ、そのまま散歩に出た。

のんびり街を歩くうちに、書店通りという場所に差し掛かった。

そこは名前のとおり、何軒もの書店が左右にずらりと並んでいる。

ファンタジー世界といえば中世のイメージだが、この世界の文明は魔導技術によって独自の発展を遂げており、印刷技術はすでに一般化されている。

書店では小説や旅行雑誌、グルメガイド、さらにはゴシップ週刊誌などが売られており、現代の日本と似たような雰囲気だ。

「せっかくだし、ちょっと買い物していくか」

俺は明日から旅に出るわけだが、観光ガイドの一冊も持っていない。これは大きな問題だろう。

ザッと立ち読みして、よさそうなものを買っていく。

ついでに小説を五冊ほど。馬車での移動中に読むとしよう。

購入した本をすべて持ち歩くのは大変だが、俺には【アイテムボックス】がある。

ここに収納すれば、実質的には重さゼロだし、スペースも取らない。最高だな。

俺がほくほく顔で書店を出たとき、ちょうど、目の前をひとりの女性が横切った。

彼女は大きな紙袋を抱え、ヨロヨロと通りを歩いている。

服装は、白いブラウスに紺色のフレアスカート。シンプルながらも上品な雰囲気だ。

栗色《くりいろ》のふわっとした髪を三つ編みにしており……あれ？

どこかで見たような顔だ。

もしかしてミリアじゃないか？

俺が声をかけるかどうか迷っていると、ミリアらしき女性が小さく悲鳴をあげた。

「きゃっ!?」

どうやら地面に躓《つまず》いたらしく、その身体が大きく前方につんのめる。

女性はなんとか踏みとどまったが、重心が前方に偏ったせいで紙袋がビリビリビリッと盛大に裂けてしまい、その中に詰め込まれていた何冊もの本が盛大にこぼれ落ちた。

もちろん放っておくつもりはない。

俺は【アイテムボックス】からフェンリルコートを選択すると、すぐさま《神速の加護EX》を発動させた。

スローモーションの世界を駆け抜け、紙袋からこぼれた本をキャッチしていく。

全部で十二冊、結構な数だ。

ひとまず【アイテムボックス】に入れておこう。

それが終わったら女性のほうを向き直る。

やや幼げで可愛《かわい》らしい顔立ちは、まちがいなくミリアその人だった。

ここまでに経過した時間はおよそ二秒、俺は《神速の加護EX》を解除する。

「えっ？　あっ？　……コ、コウさん!?」

「大丈夫か？」

「は、はい。ちょっと躓いちゃって……。あれ？」

ミリアはキョロキョロと足元を見回した。

「コウさん、わたしの本、知りませんか？　十冊くらい落としちゃいまして……」

「すまない。結構な数だったから【アイテムボックス】に回収させてもらった」

「そうだったんですね、ありがとうございます。――って、えええっ!?　わたし、ぜんぜん見えませんでした。すごい早業ですね……！」

「別に大したことじゃない。それより、本、重くないか？」

ミリアの紙袋は上半分が破れているが、中にはまだ十冊ほどの本が入っている。

どれも大きめのサイズで分厚い。運ぶのは大変そうだ。

「こっちには【アイテムボックス】もあるし、荷物持ちなら任せてくれ。ミリアにはいつも世話になっているしな」

「ええっと、じゃあ、お願いしちゃっていいですか？」

「ああ、任せてくれ」

俺は頷くと、ミリアから紙袋を受け取り、【アイテムボックス】に収納した。

さっきキャッチしたものと合わせると、合計で二十四冊だ。

ミリアの家はここから少し離れたところにあるらしいので、そこまで一緒に行くことになった。

書店通りを離れ、やや細い道を二人で歩く。

「ご迷惑をおかけしちゃってすみません。ありがとうございます、コウさん」

「構わないさ。それにしても、かなり買ったんだな」

「わたし、本が好きなんです。せっかくの休日だから『書店通り』を巡っていたんですけど、あれこれ買っていたら大変なことになっちゃいまして……」

「なるほどな」

その気持ちは分からなくもない。

学生時代の俺はゲーマーだったが、小説やマンガなども色々と読んでいた。

書店で衝動買いした結果、持ち運びに苦労したことも数えきれないほどある。

「もしかしてミリアって読書家なのか？」

「うーん、それはどうでしょう。買ったはいいけど積んだままの本も多いですし、わたしが読書家を名乗るなんて、本の神様に怒られちゃいます」

そうやって謙遜《けんそん》するあたり、むしろホンモノの読書家っぽいよな。

ただ、ミリアといえば活発なイメージがあるので、本好きというのは少し意外だったりする。

人は見かけによらない、ということだろう。

十五分ほど歩いていると、やがて街の南西部にある高級住宅街に差し掛かった。

周囲には大きめの家々が並んでいる。

ミリアの家はその中心部にあり、庭付きで二階建ての一軒家だった。

「支部長とか支部長補佐になると、ギルドのほうで住居を用意してくれるんですけど、一人で暮らすには広すぎるんですよね。これ、明らかに三人家族とか四人家族向けの大きさですし」

ミリアは苦笑しながら玄関のカギを開けた。

ドアを開け、家の中に入る。

「本はどこに置けばいい？」

「右に靴箱がありますから、その上に並べちゃってください」

「分かった。すぐに済ませる」

俺は【アイテムボックス】から本を取り出すと、いくつかの山に分け、靴箱の上に置いた。

「これでいいか？」

「はい、完璧です！　コウさん、ここまで運んでくださって本当にありがとうございました」

ミリアはその場でペコリと頭を下げた。

「手間をかけちゃいましたし、お礼をさせてください。何がいいですか？」

「気にしなくていいぞ。普段からミリアには世話になっているし、そのお返しだ」

「それはさすがに申し訳ないような……」

「じゃあ、貸し一つにしておくか。表彰式には来るんだろう？　王都で会ったときに返してくれ。オススメの店を教えるとか、観光スポットに案内するとか。ミリアのセンスに任せる」

「ほほう、わたしのセンスですか！」

ミリアの眼《め》がキュピーンと光った……ような気がした。

「分かりました。それでは全身全霊でお返しを考えておきますね。ふふっ、わたしに時間を与えたことを後悔……じゃなくて、次に会うときをお楽しみに、です！」

なんだかよく分からないが、すごい気迫だけは伝わってくる。

いずれにせよ王都では面白いことになりそうだ。

第五話

オーネンを出発してみた。

夜明けて、出発の日となった。

俺は『金熊亭《きんくまてい》』で軽く昼食を済ませたあと、冒険者ギルドのロビーでアイリスと合流した。

「待たせたか？」

「ううん、いま来たところ。……ふふっ」

「どうした？」

「なんでもないわ。旅、楽しみね」

アイリスはなぜか上機嫌だった。

旅立ちを前にしてテンションが上がっているのかもしれない。

俺たちは他愛《たわい》ない会話を交わしながら街の南門へと向かう。

城門の周囲には多くの人々が見送りに来てくれていた。

ワイワイガヤガヤと盛り上がり、まるでお祭りのような騒ぎになっている。

「《竜殺し》の兄ちゃん！　気をつけてな！」

「竜人族のねえちゃんも達者でな！」

「街を守ってくれて、本当にありがとうね！」

「アンタたちはオーネンの英雄だよ！」

なんというか、ものすごい大盛況だ。

「ずいぶん賑《にぎ》やかね……」

アイリスが感嘆のため息をついた。

気持ちはよく分かる。

こんなに多くの住民が来るなんて、俺にとっても予想外だった。

「コウさん、アイリスさん、いってらっしゃいませ！」

出発の直前、ミリアが住民の代表として大きなバラの花束を贈ってくれたが、その瞬間、人々の興奮は最高潮に達した。

大きな歓声とともに拍手が鳴り響き、誰かがヒューッ！　ヒューッ！　と指笛を吹く。

さらには有志による音楽隊がシンバルにトランペット、ドラムなどで勇ましいメロディを奏で、空にはパン！　パパン！　パパパパパン！　と花火が上がった。

盛大に送り出してくれるのは嬉《うれ》しいが、さすがにちょっと照れてしまう。

俺は苦笑しながら【アイテムボックス】を開くと『デストロイゴーレム』および『グランド・キャビン』の取り出しを念じた。

地面に魔法陣が浮かび、そこから鋼鉄の巨人と、それよりもさらに大きな馬車が現れる。

「で、でけえ！　こんなデカい馬車、今まで見たことねえぞ！」

「ゴーレムを馬車馬の代わりに使うのか？　さすが《竜殺し》、やることのスケールが違うぜ……」

人々の反応を見るに、どうやらインパクトは十分のようだ。

「みんな、すごく驚いているわね」

俺のすぐ左横で、アイリスがクスッと小さく笑った。

「気持ちは分かるわ。あたしだって最初は目を疑ったもの」

俺はちょっといい気分になりつつ、アイリスを連れてグランド・キャビンに乗り込む。

一階の手前にあるリビングに向かい、二人並んでソファに座る。

天井に内蔵されたスピーカーからデストロイゴーレムの声が聞こえてきた。

「マスター！　出発シテ宜《ヨロ》シイデスカ？」

「ああ、頼む！」

俺がそう答えると、やがて馬車が動き始める。

さあ、旅の始まりだ。

たくさんの人々に見送られながら、俺はオーネンを出発した。


出発から十分後、グランド・キャビンは森の近くで停車した。

そこは昨日、俺がスララとの合流地点に指定した場所だ。

俺とアイリスが外に出ると、近くの木陰から、まるい生物がピョンと飛び出してくる。

「マスターさん！　ぼくだよ！　スララだよ！」

「元気にしてたか？」

「うん！　ぼく、頑張っておともするからよろしくね！」

それからスララはアイリスのほうを向き直ると、元気よく挨拶をした。

「アイリスおねえさんも、こんにちは！」

「こんにちは、スララちゃん。よろしくね」

アイリスはそう言うと、腰に下げているポーチに手を伸ばした。

ポーチの内部は【アイテムボックス】のような亜空間となっており、容量制限こそあるが、見た目よりもずっと多くのものが収納できる。

アイリスはここに自分の武器や着替えなどを詰めており、今回、ポーチから取り出したのは白い帽子だった。赤いリボンが結ばれており、つばは丸い。

これは出発の数日前、アイリスがオーネンの雑貨屋で買ってきたものだ。

この世界においては、慣例的に、ペットの魔物には首輪などの装飾品をつける。

装飾品は首輪以外でも構わないそうなので、スララの場合は帽子にした。

「わあっ、かわいいぼうしだね！」

スララがキャッキャと声をあげる。

「アイリスおねえさんが被《かぶ》るの？」

「ううん、これはスララちゃんへのプレゼントよ」

アイリスはそう言ってスララの頭に丸い帽子をのせた。

「わーい！　アイリスおねえさん、ありがとう！」

スララはちょっと縦長になると、ペコリ、とアイリスにお辞儀した。

それからピョコピョコと地面を跳ね、デストロイゴーレムのほうに向かう。

「ゴーレムさん、こんにちは！　ぼくはスララだよ！」

「ハジメマシテ、スララサン。ヨロシクオ願イシマス」

デストロイゴーレムは一礼すると、身体を前方に傾けて右手を伸ばした。

握手のつもりだろうか？

スララもそのプニプニした身体から手（触手？）を出して、デストロイゴーレムの右手に触れる。

「わーい！　よろしくね！　ぼくたち、これで友達だよ！」

「トモダチ……！」

デストロイゴーレムは嬉しそうに呟《つぶや》く。

機械なので感情はないはずだが、付与効果の《高度演算機能A＋》により、心に近いものを持っているのかもしれない。

「ねえねえ、ゴーレムさんのおなまえを教えてほしいよ！」

「ナマエ……？」

デストロイゴーレムは首を傾《かし》げる。

そういえば名前をつけていなかったな。

いい機会だし、ここで決めておくか。

アイリスのほうを見ると、なぜか自信満々の表情を浮かべていた。

「ねえコウ、ゴーレムの名前だけど、デスデスとか、トムトムはどう？」

「うーん」

イマイチしっくりこない。

というか、アイリスはなぜフレーズの繰り返しにこだわるのだろう。

俺はしばらく考えたあと、分かりやすさ重視の案でいくことにした。

「デストってのはどうだ？」

「いいんじゃない？　あたしは賛成よ」

「アリガトウゴザイマス、マスター。トッテモ強ソウナ名前デスネ！」

どうやらデストロイゴーレム……デストは喜んでいるらしく、両眼《め》がピカピカと点滅を繰り返している。

「スララサン。ワタシハ、デスト、デス」

「デストさんだね！　覚えたよ！　おなまえもらえて、よかったね！」

「ハイ！」

デストとスララは嬉しそうにキャッキャしている。

なんだか和む光景だな。


俺たちはあらためて馬車に乗り込むと、王都への旅を再開した。

今日の目的地はトゥーエという街で、牛肉の名産地として知られている。

グルメガイドによると『にくにく通り』という場所に肉料理の店がズラリと並んでいるらしく、今から夕食が楽しみだ。

馬車は街道をゆっくりと北東へ進んでいく。

「がたごと♪　がたごと♪」

スララは楽しそうに身体を揺らしながら、窓にぺたーっと張り付いて外を眺めている。

俺はソファに深く身を沈めて、出発前に買った小説をのんびりと読んでいた。

こんなふうに時間を気にせず読書をするのは何年ぶりだろう。

社会人になってからは、毎日ひたすら仕事に追われていたからな。

「ねえコウ、その本って面白い？」

アイリスは左隣のソファに座って観光ガイドを眺めていたが、ふと、そんなことを訊《き》いてきた。

「面白いぞ。……読むか？」

「いいの？」

「ちょうど読み終わったところだしな」

俺は本を閉じるとアイリスに手渡す。

「ありがとう。コウがすごく熱心に読んでるから、あたしも気になっちゃって」

確かにそういうことってあるよな。

俺は小さく頷《うなず》きながら【アイテムボックス】から二冊目の小説を取り出した。

内容としては密室殺人を扱ったミステリーで、魔法やスキルの存在する世界ならではのトリックに驚かされた。どうやら続編もあるようだ。機会があれば書店で探してみよう。


二冊目を読み終えたあと、俺はそのままソファで眠りこけていた。

久しぶりの読書で頭が疲れていたのかもしれない。

「おはよう、コウ。よく眠っていたわね」

アイリスは左横でふふっと優しく笑う。

その膝上にはスララが乗っており、元気よくこう言った。

「マスターさん、もうすぐトゥーエの街だよ！　楽しみだね！」

窓の外に眼を向ければ、空は茜色《あかねいろ》に染まっていた。

どうやら夕方になっていたらしい。

遠くには城壁に囲まれた街が見える。

それから十分ほどで馬車はトゥーエに到着した。

第六話　デビルトレントを討伐してみた。

俺たちが巨大な馬車でトゥーエに向かうことは前もって各所に通達されているわけだが、いざ北門に到着してみると、そこには鎧《よろい》姿の衛兵たちが何十人も集まっていた。

「マスターさん、ひと、いっぱいだね！」

「出迎えかしら？　それにしては雰囲気が物騒だけど……」

「街の近くに魔物が出たのかもしれないな」

俺たちはそんな話をしながら馬車を降りる。

すると、ひとりの衛兵が慌てて駆け寄ってきた。

「し、失礼します！　《竜殺し》のコウ・コウサカ様でしょうか!?」

「ああ、そのとおりだ」

「承知しました！　いま、冒険者ギルドの支部長を呼んでまいります！　少々お待ちくださいい！」

衛兵はこちらに一礼すると、大慌てで城門の中へと戻っていく。

ギルドの支部長がここに来るようだが、いったい何の用事だろう。

「……なんだかトラブルの予感がするな」

「そうね」

アイリスが頷《うなず》いた。

「もしかしたら支部長からじきじきに緊急クエストの依頼があるかもしれないわね」

「おしごと！」

おせわスライムは元気よく声をあげると、ピョンとその場で宙返りをした。

「ぼくもマスターさんのお手伝いをするよ！　してほしいことがあったら、なんでも言ってね！」

「ああ、そのときは頼む」

俺たちがそんな話をしていると、城門のほうから細身の中年男性がやってきた。

表情は暗く、深刻そうな空気を漂わせている。

「自分は冒険者ギルドトゥーエ支部の支部長、ポポロと申します。……コウ・コウサカ様ですね。到着をお待ちしておりました」

男性はそう言うと、突如としてその場に両膝をつき、深々と頭を下げた。

まるで土下座のような姿勢を取りながら、縋《すが》るような声で叫ぶ。

「せっかくのご旅行中に申し訳ございません！　どうか！　どうか！　このトゥーエをお救いください！　お願いします！」

俺はいきなりのことに戸惑いつつ、ひとまず、馬車の中で話を聞くことにした。

ポポロ支部長を一階のソファに座らせる。

俺、アイリス、スララも向かいのソファに腰を下ろした。

「支部長さん。とりあえず、事情を説明してもらっていいですか？」

「は、はい……」

ポポロ支部長はビクビクと恐縮したような口調で、ぽつりぽつりと話し始めた。

それによると一時間ほど前、北西のセコン平原にデビルトレントという魔物が出現したらしい。

デビルトレントは二足歩行する巨大な樹木型の魔物で、その危険度はS＋ランクに分類される。

ひとたび暴れ始めればトゥーエの街など半日で壊滅させられるほどの力を持ち、また、非常に高度な再生能力を有するため、討伐はきわめて困難と言われているそうだ。

「現在、旅の神官様にお願いして、特殊な魔法でデビルトレントを足止めしてもらっております。ですが、今回はあまりに突然のことでしたので、住民の避難も、討伐隊の編成もまったく間に合っておりません」

ポポロ支部長は心の底から申し訳なさそうな表情を浮かべると、あらためて頭を下げた。

「コウ様の活躍は存じ上げております。黒竜という強大な魔物を討伐なさったそうですね。その力で、どうかデビルトレントを倒していただけませんでしょうか……？」

「……分かりました」

俺は頷く。

断るという選択肢もあるだろうが、見捨てるのは後味が悪いからな。

こちらにはチートスキルとチートアイテムが山ほどあるし、勝算は十分にある。

「ただ、ひとつだけ訂正させてください。黒竜の討伐は、俺ひとりで成し遂げたことではありません。彼女も一緒に戦ってくれました」

俺はそう言って、アイリスのほうを見る。

「……あたし？」

アイリスは戸惑ったように眼《め》をパチパチと瞬《まばた》きさせた。

どうやら自分が話題になるとは思っていなかったらしい。

「ぼく、知ってるよ！」

スララが声をあげる。

「アイリスおねえさんは、竜神の盾を使って、マスターさんを黒竜の炎からまもったんだ！」

「そうだったのですね……」

ポポロ支部長は頷くと、再び頭を下げる。

「コウ様、そしてアイリス様、どうかトゥーエをお救いください。よろしくお願いいたします」


こうして俺たちはポポロ支部長の依頼を受け、デビルトレントの討伐へ向かうことになった。

状況は一刻を争う。急いだ方がいいだろう。

ポポロ支部長に馬車から降りてもらったあと、俺たちは馬車の後面にあるハシゴを使って屋根の上へと登る。見晴らしは良好で、周囲をぐるりと見渡すことができた。

屋根は平面になっており、転げ落ちる心配はない。

「マスターさん、アイリスおねえさん、どうして馬車の中に入らないの？」

スララが不思議そうに訊《たず》ねてくる。

「視界を確保するためだな」

「これから戦いに行くわけだし、自分の眼で色々と確認できたほうがいいわよね」

俺とアイリスの意見はほぼ一致していた。

些細《ささい》なことではあるが、彼女と同じであることがちょっと嬉《うれ》しい。

胸のあたりに暖かいものを感じながら、俺はデストに言う。

「出発してくれ。方角は北西、全速力だ」

「承知シマシタ！　行キマス！」

馬車が動き始める。

最初は歩くような速度だったが、だんだんとスピードが上がっていき、やがて周囲の景色がビュンビュンと流れ始める。

馬車には《風防A＋》が付与されているため、風の影響は最小限となっている。

これがなければ、俺たちは屋根の上から吹き飛ばされていただろう。

「ねえ、コウ」

左隣で、アイリスが囁《ささや》いた。

「さっきはありがとね」

「ん？」

「黒竜の話よ。あたしも一緒に戦った、って訂正してくれたでしょう？」

「アイリスは大切な仲間だからな」

「……ふふっ」

「どうした？」

「なんでもないわ。今回も防御は任せてちょうだい」

アイリスはそう言って竜神の盾を掲げた。

これはもともと俺が【創造】で修復したアイテムだが、【竜神の巫女《みこ》】の所持者であるアイリスにしか扱うことができないため、ひとまず彼女に預けている。

普段は腰のポーチに収納しているようだが、戦闘前ということもあり、左手にしっかりと構えていた。やる気は十分のようだ。


全速力で北西へと馬車を走らせること十五分、やがて、遠くに巨人の影が見えた。

いや、違う。

それは巨人のような形をした樹木だった。

サイズとしては、都会のタワーマンションに匹敵するだろう。

高さは五十メートルを超える。

胴体となる幹はガサガサの樹皮に覆われ、無数の枝や根がぐねぐねと絡み合うことで両腕と両脚が形成されている。

首がないので頭部の位置は不明瞭だが、両腕より少し上のあたりの胴体には悪鬼のような形相が浮かんでいた。

俺は【鑑定】を発動させる。

デビルトレント：巨大な樹木型の魔物。その性格はきわめて凶暴であり、破壊と殺戮《さつりく》を何よりも好む。高度な再生能力を有しているため、討伐は長期戦になることが多い。

やはり、この巨大な樹木がデビルトレントで間違いないようだ。

四肢には銀色に輝く鎖がいくつも巻き付いており、それによって動きを封じられていた。

あの鎖は何だろう？

俺が疑問に感じた矢先、それを察したようにアイリスが解説してくれる。

「セレスティアル・チェイン——上位の光魔法ね。魔力の鎖で相手を拘束するの。ただ、デビルトレントを抑え込めるほどの術者はそうそういないはずよ」

「ポポロ支部長が言ってたよな。旅の神官に足止めを頼んだ、って」

「ええ。きっとその神官、かなりの実力者でしょうね」

「マスターさん！　くさり、もうすぐこわれちゃうよ！」

スララが叫んだ直後のことだった。

「オオオオオオオオオオオオォォォォォォォ！」

デビルトレントは雄叫《おたけ》びをあげると、右腕を大きく薙《な》ぎ払った。

それによって何本かの鎖が砕け、消滅した。

自由になった右手で、今度は左腕の鎖を引きちぎる。

両脚を拘束していた鎖も、デビルトレントが少し動いただけでバラバラになってしまった。

「コウ、見て！」

アイリスが指さしたのは、デビルトレントのすぐ手前の地点だった。

そこには小さな人影が見える。

おそらく旅の神官だろう。

その身体がピカッと銀色の光に包まれたかと思うと、周囲の地面から光の鎖が伸び、デビルトレントに巻き付いた。

セレスティアル・チェインをあらためて発動させたのだろう。

だが、鎖はまるで霧のようにフッと消え去ってしまう。

おそらくは魔力が尽きてしまったのだろう。

神官の身体がグラリと傾き、そのまま地面に倒れる。

俺はデストに向かって命じた。

「まずは神官を回収する。急いでくれ！」

「了解デス！　加速シマス！」

馬車がグンとスピードを増す。

一方、デビルトレントは右足を大きく振り上げた。

「グゥォオオオオオオオオオオオオオ！」
どうやら神官を踏み潰《つぶ》すつもりらしい。
だがそれよりも先に、俺たちの馬車が神官のところに辿《たど》り着けた。
急ブレーキによって屋根の上が大きく揺れる。
俺はそこから飛び降りると、すぐに神官のそばへ駆け寄った。
「……まだ子供じゃないか」
俺は驚かずにいられなかった。
デビルトレントを抑え込んでいたのは、小柄で華奢《きゃしゃ》な、銀髪の少女だった。
顔立ちは整っているが、その眼はうすく閉じられている。
年齢としては十四、五歳といったところだろう。
ふと、周囲が急に暗くなった。
見上げれば、デビルトレントの右足が迫っている。
だが俺は焦らない。
馬車の屋根に眼を向ければ、アイリスが竜神の盾を掲げていた。
「はああああああああっ！」
叫びとともに付与効果の《竜神結界ＥＸ》が発動し、光の防壁が広がる。
ガンッ！
デビルトレントの右足が、光の防壁にぶち当たる。
しかし防壁にはヒビひとつなく、相手の攻撃を完全にシャットアウトしていた。

「グゥオオオオオオ！」

デビルトレントは苛立《いらだ》ったように何度となく右足で踏みつけてくるが、結界を突破することはできない。

俺はそのあいだに神官の少女を抱き上げ、馬車のところへ戻った。

すると、屋上からスララがポヨンと落ちてきた。

「マスターさん！　その子のおせわは、ぼくにまかせて！」

「分かった。頼む」

「うん！　ちょっとふくらむよ！」

もこ、もこもこ、もこもこもこ！

スララの身体があっというまに五倍ほどのサイズになる。

……いったいどうなってるんだ？

ものすごく疑問だが、今は戦闘中だ。

考えるのは後回しでいい。

俺は少女をスララの背中に乗せる。

「二階のベッドルームに寝かせておいてくれ」

「はーい！」

スララは少女を背負ったまま地面を這《は》うように移動すると、グランド・キャビンのドアを開け、中へと入っていった。

俺はそれを見届けたあと、梯子《はしご》を登って屋上に戻る。

防御結界は今もデビルトレントの猛攻を受けているが、まったくビクともしていない。

アイリスは竜神の盾を掲げたまま、こちらをチラリと振り返った。

「おかえりなさい、コウ」

「ただいま。大丈夫か？」

「黒竜のときよりはマシね。でも、そろそろ休ませてほしいわ」

「分かった」

俺は頷くと、デストに向かって大声で告げた。

「ひとまずデビルトレントから離れる。全速力で距離を取ってくれ」

「承知シマシタ！」

すぐに馬車が動き始める。

そのまま大きくカーブし、デビルトレントに背を向けるかたちで遠ざかる。

「ここまで来れば大丈夫そうね」

アイリスが竜神の盾を下ろすと、防御結界が消滅する。

一方、俺は【アイテムボックス】から竜殺しの魔剣グラムを取り出していた。

それは長さ二メートルを超える巨大な剣であり、その刃《やいば》はまぶしいほどの銀色に輝いている。

「——置き土産だ」

グラムを右肩に担ぐようにして構える。

刃に魔力を流し込むと、付与効果のひとつ……《戦神の斬撃S＋》が発動する。

「おおおおおおおおおおっ！」

左上から右下へ、剣を勢いよく振り下ろす。

刃に込められた魔力が放出され、巨大な斬撃となってデビルトレントの左足を切り裂いた。

「グゥアアアアアアアアアアッ！」

デビルトレントが苦悶《くもん》の声をあげた。

そのままバランスを崩して転倒する……かに思えたが、次の瞬間、驚くべき現象が起こった。

胴体から離れた左足はグズグズに溶けるようにして崩れ、同時に、胴体側の切断面からは無数の根が伸びて絡み合い、新たな左足を形成していた。

「……すごい再生能力だな」

俺が感心していると、デビルトレントが全身をブルブルと震わせた。

いったい何をするつもりだ？

「コウ、気をつけて。枝が来るわ！」

アイリスが叫んだ直後、デビルトレントの胴体から無数の枝が生えてきた。

「グオオオオオオオオオオオオオ！」

咆哮《ほうこう》とともに枝が発射された。

それらは誘導ミサイルのように空中で軌道を変え、猛烈な速度で俺たちを乗せた馬車へ殺到する。

もちろん黙ってやられるつもりはない。

俺は【アイテムボックス】から炎竜帝の指輪を取り出すと、左手の中指に嵌《は》めた。

【炎帝】が発動し、炎魔法への適性が極限まで高められる。

「ターゲットは枝すべて、一本も近づけるな。――ファイアアロー！」

左手を構えると、手のひらのあたりから機関銃のような勢いで火矢がババババババババババッと放たれ、枝という枝をすべて撃ち落としていく。

空中に炎の華が次々に咲いた。

「きれい……」

アイリスが、思わず、といった様子で言葉をこぼした。

「でもコウ、いつのまに魔法なんて使えるようになったの？」

「つい最近だ」

「あなたって、本当に何でもできるのね。でも、炎魔法が使えるなら話は早いわ」

「どうした？」

「デビルトレントの討伐方法は二種類あるの。ひとつは力押しの長期戦ね。再生能力が限界を迎えるまで、とにかく攻撃を続けるの」

「《戦神の斬撃S＋》を遠くからビュンビュン撃ちながら逃げ回ればいい、ってことか」

「そういうこと。ちょっと時間はかかるけど、コウの実力なら十分に可能よ」

「もう一つの方法は？」

「炎魔法での短期決戦ね。頭部を完全に焼き払ってしまえば、再生する間もなくデビルトレントは息絶えるわ。あたしとしては、こっちのほうがオススメね」

「そうだな」

俺は頷いた。

「戦いが長引けば、それだけ不測の事態が起こりやすくなる。リスクを考えるなら、決着は早いほうがいい。……でも、デビルトレントの頭部ってどこなんだ？」

「胴体の上のほうに顔があるでしょう？　そこを全部燃やすイメージでいいわ」

なるほどな。

ただ、デビルトレントはあまりに巨大なため、地上から顔を狙うのはちょっと遠すぎる。

ここは空中戦を挑むべきだろう。

俺は【アイテムボックス】からフライングポーションを取り出した。

「コウ、それは？」

「前に飛ぶダケを採集したのは覚えてるよな。あれを素材にして作ったフライングポーションだ。飲むと空が飛べる」

「そんなポーションが存在するのね……。いつもながらコウには驚かされてばっかりだわ」

アイリスは感嘆のため息をつくと、すぐに気を取り直してこう言った。

「そのポーションを飲んで空中から攻撃を仕掛ける、ってことかしら」

「ああ。地上だとやりにくいからな。ちょっと行ってくる」

「待って」

アイリスは左手を伸ばすと、俺の右手を掴《つか》んだ。

「あたしも行くわ。コウは攻撃、あたしは防御——役割分担したほうが楽だと思わない？」

「確かにな」

先ほどのようにデビルトレントが枝を撃ってくる可能性を考えると、アイリスに防御を任せるのが一番だろう。そうすれば、俺は魔力のすべてを攻撃に費やすことができる。

「じゃあ、俺の右腕に掴まってくれ。そうすれば一緒に飛べる」

「分かったわ」

アイリスは身体を寄せると、自分の左腕を俺の右腕に絡めた。

「これでいい？」

「ああ」

まるで恋人同士のように腕を組んでいるわけだが、俺にもアイリスにも照れはなかった。

戦闘中だし、必要なことだからな。

そのあたりをドライに考えられるという点で、俺たちは似た者同士なのだろう。

俺はフライングポーションを飲み干した。

ふくよかで芳醇《ほうじゅん》な香りが鼻に抜け、身体がフワリと浮き上がる。

アイリスの足はまだ馬車の屋根から離れていない。

【フルアシスト】が起動して、脳内に声が聞こえてくる。


アイリスノート・ファフニルを《風の加護S＋》の効果範囲に含めますか？


俺が小さく頷くと、アイリスの両足がスッと宙に浮いた。

「なんだか不思議な感じね。フワフワしてるわ」

「怖くないか？」

「大丈夫よ。だって、コウが一緒だもの」

どうやら俺は随分と信頼されているらしい。

だったら、それに応えないとな。

俺は少しだけ高度を上げると、馬車を引いて疾走するデストの前へと回った。

「デストはこのまま安全な場所まで逃げてくれ。いいな？」

「承知シマシタ！　マスター、グッドラック！」

デストは右手の親指をグッと立てる。

俺は頷くと、アイリスを連れて空へと舞い上がった。

「腕、離すなよ」

「もちろん。でも、そこまで強く掴まなくても大丈夫みたいね」

「下から風で支えてるからな」

「なんだか、ずっと軽い胴上げをされているみたい」

「確かにな」

アイリスの表現は、俺にとっても納得のいくものだった。

たしかに《風の加護Ｓ＋》で飛ぶ感覚は、胴上げに近いものがある。

後ろを振り返ると、デビルトレントがズシン、ズシンと二本の足で大地を揺らしつつ、こちらへと近づきつつあった。

俺は高度を維持したままデビルトレントを待つことにした。

ファイアアローの射程圏内まで、あと少し。

そのときだった。

「オオオオオオオオオオオオオオオオオオッ！」

デビルトレントは雄叫びをあげると、突如として全力疾走を始めた。

その巨体からは想像もできないほどのスピードだ。

左の拳を振り上げ、こちらへと殴り掛かってくる。

「――させないわ」

アイリスが右手で竜神の盾を掲げる。

《竜神結界ＥＸ》が発動し、光の防壁がデビルトレントの拳を受け止める。

「コウ、今よ」

「ああ」

俺は頷くと、左手を前に突き出した。

「ターゲットはデビルトレントの頭部、全魔力を消費しての一撃必殺とする」

通常のファイアアローは俺の左手から瞬時に放たれる。

だが、今回は威力を最大まで引き上げているためか、普段とは様子が大きく異なっていた。

俺の左手を起点にして大きな魔法陣が広がる。

魔法陣が高速で回転を始め、その中心部から巨大な炎の矢がゆっくりと姿を現した。

俺とアイリスは一瞬、チラリと視線を交わし、小さく頷き合う。

「――結界を解除するわ」

「――行け、ファイアアロー」

防御結界がフッと消滅し、入れ替わるようにして巨大な炎の矢が発射された。

反動によって魔法陣が崩壊し、俺たちは後方へ吹き飛ばされる。

「くっ……」

「きゃっ！」

墜落しないように姿勢を立て直しつつ、火矢のゆくえを目で追う。

ファイアアローはデビルトレントの右拳に真正面から激突すると、それを砕き燃やしながら進み、そのまま頭部へと到達した。

「グゥゥゥゥゥゥオオオオオオオオオオオオオオ……！」

デビルトレントが絶叫する。

直後、大爆発が起こった。

豪炎がデビルトレントの上半身を焼き尽くし、この世から完全に消滅させる。

残ったのは左腕と下半身だけだった。

左腕は衝撃によって吹き飛び、くるくると回転しながら遠くの山に激突した。

下半身は大きく後ろに傾き、そのまま地面に倒れ込む。

……再生する様子は、ない。

討伐、完了だ

第七話　色々と後始末をしてみた。

俺は最大威力のファイアアローにより、デビルトレントの上半身をまるごと吹き飛ばした。

今回の経験値取得によりレベルは92から95にアップしている。

これによって俺のMPはついに5万を超えたわけだが、はたしてどこまで成長するのだろう。

限界はあるのか、それとも青天井なのか。

まあ、戦い続けていればいずれ明らかになるはずだ。

デビルトレントの左腕と下半身は【自動回収】により【アイテムボックス】に収納されている。

新しいアイテムの素材に使えるかもしれないし、そこは楽しみだったりする。

「コウって、本当に規格外よね……」

アイリスは俺の右腕に掴《つか》まったまま、感嘆のため息をついた。

「一撃でデビルトレントを倒せる人間なんて、たぶん、世界中を捜したってコウだけでしょうね」

「アイリスが防御を引き受けてくれたからだよ。おかげで魔力をまるごとファイアアローに注ぎ込めたんだ。ありがとうな」

「ふふっ、コウの役に立てたなら嬉《うれ》しいわ」

俺はアイリスとそんな会話を交わしつつ、ゆっくりと高度を下げていく。

地面に降り立つと、遠くからデストが馬車を引きながら近づいてきた。

「マスター、討伐成功、オメデトウゴザイマス！　怪我《ケガ》ハ、アリマセンカ？」

「大丈夫だ。そっちは無事か？」

「損傷率０パーセント、絶好調デス！」

デストは胸を張ると、ガシャン、と敬礼する。

「コノアトハ街ニ戻ラレマスカ？」

「ああ、そのつもりだ。トゥーエの北門に向かってくれ」

「承知シマシタ！　デハ、馬車ヘドウゾ！」

俺は頷《うなず》き、アイリスを連れて馬車に乗り込む。

すると、ちょうど入ってすぐのところにスララが待っていた。

「マスターさん、アイリスおねえさん、おかえりなさい！」

「ただいま、スララ」

「スララちゃん、無事だった？　怪我《けが》はない？」

「うん！　ぼくはだいじょうぶだよ！」

「そういえば、倒れていた神官の子はどこだ？」

「二階だよ！　ついてきて！」

俺とアイリスはスララに案内され、入口横の階段を上る。

馬車の二階にはベッドルームが二つあり、神官の少女が寝かされていたのは奥の部屋だった。

俺たちが部屋に入ったとき、少女は左横を向いたままの姿勢で穏やかに寝息を立てていた。

白い衣服の右肩のところには十字のような紋章が描かれている。

紋章をよく見れば、それは剣、槍《やり》、弓の三つを組み合わせたものだった。

なかなか面白いデザインだが、いったいどういう意味だろう？

アイリスに訊《き》いてみると「戦神教のシンボルよ」という答えが返ってきた。

「戦神教？」

「戦いの神ウォーデンを主神とする宗教よ。この子は戦神教の神官なのでしょうね……あら？」

「どうした？」

「いま気づいたんだけど、この紋章の剣って、コウの剣にそっくりよね」

「……確かにな」

俺は頷く。

言われてみればそのとおりだった。

戦神教の紋章に描かれている剣は、俺の持つ『竜殺しの魔剣グラム』によく似ている。

グラムを【鑑定】したときの説明文には「戦神が英雄に与えたとされる魔剣」と書かれていたし、もしかしたら戦神教に関係のあるアイテムなのかもしれない。

そんなことを考えていると、やがて馬車が動きを止めた。

「マスター、北門ニ到着シマシタ！」

天井に内蔵されたスピーカー型の魔導具からデストの声が聞こえてくる。

どうやらトゥーエに着いたらしい。

「それじゃあ降りるか」

「神官の子はどうするの？　起こしたほうがいいかしら」

「……どうするかな」

神官の少女はぐっすりと眠っており、まだまだ眼《め》を覚ましそうにない。

起こすのはちょっと可哀想《かわいそう》だよな。

「マスターさん、ぼくにまかせて！」

スララは元気よく声をあげると、もこもこと巨大化した。

どうやら少女を運んでくれるつもりのようだ。

俺は少女をそっと抱え上げると、スララの背中に乗せた。

これで準備完了だ、さあ行こう。


俺はアイリスとスララを連れ、馬車の外に出た。

まずはデストのところへ向かい、声をかける。

「今日はありがとうな。ゆっくり休んでくれ」

「イエイエ、オ役ニ立テテ光栄デス！　マタ、イツデモ呼ンデクダサイ！」

デストは左腕を腹に、右腕を背中につけると、まるで執事のような動きでお辞儀した。

俺はその身体に触れて【アイテムボックス】への収納を念じる。

地面に魔法陣が浮かび、デストと馬車はその中へと吸い込まれるようにして消え去った。

さて、街に入ろうか。

俺たちが城門のほうへと歩き始めた矢先、冒険者と思《おぼ》しき人々が街の中からゾロゾロと現れた。

数としては五十人を超えており、こちらへと駆け寄ってくる。

「あんた、《竜殺し》のコウ・コウサカだよな？」

髭面《ひげづら》の中年冒険者が話しかけてくる。

雰囲気からすると、この人物が集団のリーダーなのだろう。

俺は頷いて答える。

「ああ。そのとおりだ。これはいったい何の騒ぎなんだ？」

「オレたちは、まあ、決死隊みたいなもんだな」

「決死隊？」

「冒険者は助け合いだ。あんたに比べりゃオレたちなんて雑魚みたいなもんだろうが、それでも囮《おとり》の役割くらいは果たせるはずさ。そう思って命知らずの連中を集めてみたんだが……その様子だと、デビルトレントは倒しちまったみたいだな」

「……すまない」

「いやいや、謝ることじゃねえさ。街を守ってくれてありがとうよ。心から感謝するぜ」

中年冒険者はそう言ってニッといい笑顔を浮かべたあと、周囲にいる他の冒険者たちを見回して、大声で叫んだ。

「野郎ども！　ここにいるのはトゥーエの大恩人だ！　胴上げで冒険者ギルドまで運ぶぞ！」

「「「「おおおおおおおおおおおおおおおおおおおっ！」」」」

えっ？

気がつくと俺は冒険者たちによって担ぎ上げられ、まるで神輿《みこし》のようにワッショイワッショイと冒険者ギルドへと運び込まれるのだった。

それから十数分後――

俺は冒険者ギルドトゥーエ支部の支部長室に通され、ポポロ支部長にデビルトレント討伐の報告を行うことになった。

俺とポポロ支部長は硬めのソファに向かい合って座っている。

アイリスとスララは神官の少女をギルドの医務室に運び込んでいるため、ここにはいない。

「コウ様、このたびはデビルトレントを討伐していただき、本当にありがとうございました」

ポポロ支部長はソファから立ち上がると、深々と頭を下げた。

「もしもコウ様が来てくださらなければ、トゥーエの街はきっと壊滅していたでしょう。今回のご活躍はきっちりと冒険者ギルド本部にも伝えさせていただきます。……それでは、討伐までの流れについて教えてもらえますでしょうか？」

「分かりました」

俺はトゥーエの北門を出発してからのできごとを説明していく。

すべてを話し終えると、ポポロ支部長は唖然《あぜん》とした表情を浮かべていた。

「噂《うわさ》には聞いておりましたが、コウ様は本当に規格外の能力をお持ちなのですね……」

「いえ、俺ひとりだったら、きっと犠牲が出ていたと思います。神官の子は助からなかったかもしれませんし、デビルトレントを倒すのに手間取って、トゥーエの街に被害が及んでいた可能性もあります。今回うまくいったのは、アイリスやデスト、スララが手助けしてくれたおかげです」

「コウ様は謙虚なのですね……」

ポポロ支部長は感心したように呟《つぶや》いた。

「大きな力を持ちながら、それに慢心せず、周囲の存在にも眼を向けることができる。……本当の英雄というのは、貴方《あなた》のような人物を言うのでしょうね」


ポポロ支部長への報告を終えて支部長室を出ると、廊下にはアイリスとスララが待っていた。

「コウ、お疲れさま」

「ありがとう。そっちはどうだった？」

「神官の子なら大丈夫よ。回復術師の先生に診てもらったけど、ただの疲労みたいね。一晩すれば眼を覚ますらしいから、このまま医務室のベッドに寝かしておくことになったわ」

「すやすやすぴーだったよ！」

「なるほどな」

スララの発言は擬音だらけだったが、意味はそれなりに理解できた。

神官の少女は穏やかに眠っているのだろう。

「ひとまず、これで一件落着かな」

「そうね。このあとはどうするの？」

「ギルドでの用事も終わったし、とりあえず夕食に行かないか」

「賛成よ。あたしもお腹ペコペコなのよね」

「わーい！　ごっはん♪　ごっはん♪」

どうやらアイリスもスララも空腹だったようだ。

廊下の壁掛け時計を見れば、すでに午後八時を回っている。

普段だったら食事を済ませている時間だし、俺もかなり腹が減っている。

おのれデビルトレントめ……なんてな。

街も無事だったわけだし、めでたしめでたし、というやつだろう。

ちなみにデビルトレントの討伐報酬だが、神官の救出なども含めて評価の対象になるらしく、合計で三〇〇〇万コムサを超える大金となった。

ただ、トゥーエ支部ではそこまでの大金をすぐに用意するのは不可能なため、報酬の一割にあたる三〇〇万コムサを支払ってもらい、残りの二七〇〇万コムサは王都の冒険者ギルド本部で受け取ることになった。

まあ、俺にしてみれば三〇〇万コムサでも結構な大金だ。

オーネンでもかなりの額を稼いでいるし、数年は遊んで暮らせるだろう。

俺たちはトゥーエ支部から出たあと、街の北西部にある『にくにく通り』に向かった。

ここには肉料理の店が「これでもか！」というほど集まっている。

すでに街は混乱から立ち直っており、通りは大勢の人々で賑《にぎ》わっていた。

店を探して歩いていると、あちこちから声が聞こえてくる。

「いやあ、街が無事でよかったぜ！」

「デビルトレントが出たって聞いたときは、もうダメかと思ったよ」

「《竜殺し》がトゥーエにいて助かったな」

「まったくだ！　カハハハハッ！」

自分が話題になっているのは照れくさいが、同時に、達成感のようなものが込み上げてくる。

今日はちょっと呑《の》みたい気分だ。

肉だけじゃなくて酒も楽しめる店にしよう。

俺たちが入ったのは『丸猫亭《まるねこてい》』という料理店で、グルメガイドによるとイチオシの店らしい。

店内は混み合っていたが、幸い、テーブルがひとつだけ空いていた。

注文したのは『トゥーエ牛ステーキの香草パン粉焼き』と『肉に合う自家製ワイン』だ。

どちらもすぐに運ばれてきた。

「……旨《うま》いな」

「ワインもおいしいわね」

「マスターさん！　これ、すっごくジューシーだね！」

『トゥーエ牛ステーキの香草パン粉焼き』は表面がサクサクで、噛《か》むと中からジュワッと肉の旨みが溢《あふ》れてくる。香草のさわやかな風味がほどよく肉の脂を中和してくれるので、しつこさはなく、いくらでも食べられそうだ。自家製のワインはコクが深く、これがまた肉にマッチしている。

デザートのバニラアイスも絶品で、俺たちは大満足で店を出た。

さて、それじゃあ宿に行こう。

今夜の宿は『観月亭《かんげつてい》』といい、街の北東にあった。

いかにも高級そうな雰囲気の、レンガ造りの赤い建物だ。

ロビーに入ってみれば床一面にフカフカの絨毯《じゅうたん》が敷かれており、天井からは大きなシャンデリアが明るい光を放っている。

宿の雰囲気としてはオーネンの静月亭《じょうげってい》に近い。

名前も似ているし、ここもスカーレット商会の系列なのかもしれない。

俺はフロントに向かうと、受付の女性にクロムさんからの紹介状を手渡した。

すると、奥から支配人の男性がやってきて、深々と頭を下げた。

「コウ・コウサカ様ご一行ですね、『観月亭』にようこそ。……トゥーエの街を守ってくださり、本当にありがとうございます。従業員一同を代表して、心から感謝を申し上げます」

そのあと、俺たちは支配人じきじきの案内で部屋へと向かった。

場所は五階、宿の最上階だ。

部屋については『コウ・コウサカ様ご一行』で大部屋ひとつ……ではなく、俺とアイリスで別々になっていた。男女同室というのは色々と問題があるし、これは非常にありがたい。

どちらの部屋もＶＩＰ専用のスイートルームとなっており、寝室のほかにリビング、バスルーム、さらにはキッチンやホームバーまで完備されている。まさに至れり尽くせりだ。

「今回は二泊三日の滞在と伺っております。スララ様については、コウ様のペット、という扱いでよろしいでしょうか？」

「ぼく、ペットじゃなくておせわスライムだよ！」

スララはそう言うと、ピョコンと小さく飛び跳ねた。

「でも、話がややこしくなるから、今はペットになるね。わんわん、にゃーにゃー、こけこっこー！」

「ご協力ありがとうございます」

支配人は律儀《りちぎ》にもスララに向かって一礼した。

「コウ様、アイリスノート様、他に疑問はございませんか？」

「俺はないな」

「あたしも大丈夫よ」

「承知いたしました。それでは、ごゆっくりと滞在をお楽しみください」

そうして支配人が去っていったあと、ひとまず俺の部屋に集まって、今後の予定について話し合うことにした。

部屋に入って正面にはリビングがあり、いくつかのソファが置いてある。

そのなかで一番大きなソファに、俺、アイリス、スララは横並びで腰掛けた。

「明日はトゥーエの観光よね？　コウは行きたいところってある？」

「そうだな……」

俺は【アイテムボックス】を開くと、そこから観光ガイドブックを取り出した。

トゥーエのページを開く。

そこには美しい牧場の風景が描かれていた。

「街の南部はまるごと牧場になっているみたいだし、そこに行ってみないか？」

「いいわね。あら、観光客向けに羊の毛刈り体験もやってるのね」

「面白そうだな」

「ひつじさんのおせわだね！」

スララの眼がキランと輝いた。

「ぼく、がんばるよー！」

羊の毛を刈るのはお世話の一種……なのだろうか？

細かいことはよく分からないが、スララはとても楽しそうだ。

「マスターさん、あさってはどうするの？」

「朝にトゥーエを出発して、夕方にはスリエだな」

スリエはここから北東に向かった先にあり、温泉の名所として知られている。

滞在期間は長めに取ってあるので、のんびりと温泉巡りをするつもりだ。

まあ、まだ先のことだし、細かいことは現地で決めればいいだろう。

明日の朝は午前九時にフロントで待ち合わせるということを決めて、今夜は解散となった。

「それじゃあコウ、スララちゃん、おやすみなさい」

「ああ、また明日」

「アイリスおねえさん、またね！」

俺とスララは軽く手を振りながら、アイリスを廊下まで見送る。

さて、と。

それじゃあシャワーでも浴びてスッキリしようか。

俺がバスルームに向かうと、後ろからスララがついてきた。

「マスターさん、おふろ？　ぼくも入っていい？」

「別に構わないぞ」

「わーい！　おっふろ！　おっふろ！」

今さら言うまでもないことだが、スララは普通のスライムじゃない。

古代文明のテクノロジーによって人工的に生み出された魔導生物……おせわスライムだ。

得意技は、人間のおせわをすること。

その能力はバスルームにおいても見事に発揮された。

「マスターさん、頭を洗ってあげるね！」

「ああ、頼む」

「頭皮をぐにぐにするよー。かゆいところはないかな？」

「大丈夫だ」

「じゃあ、流すね。しゃわー！　次は背中をごしごしするよー。肩も揉《も》んじゃうよー」

「もしかして俺、けっこう凝ってるか？」

「マスターさん、オリハルコンゴーレムみたいにカチカチだよ！　しっかりほぐすね！」

ぐあっ……！

バキッ、バキバキッ！

ゴギッ、ゴギギギッ！

鈍い音が、俺の肩から鳴り響く。

「マスターさん、楽になった？」

「……そうだな」

両腕を回してみる。

筋肉のコリが取れたらしく、動きが軽い。

どうやらおせわスライムは、一流のマッサージ師でもあるらしい。

「楽になったよ。ありがとうな」

俺は感謝の気持ちを込めて、おせわスライムをぽんぽんと撫《な》でた。

「ふふん！　ぼく、マスターさんに褒められちゃった！　やったね！」

そのあと俺はシャワーを浴びて湯船に入った。

もちろんスララも一緒だ。

放っておくと浴槽の底まで沈んでしまうので、両手で抱えることにした。

「マスターさん、おふろ、あったかいね！」

「のぼせないように気をつけろよ」

「はーい！　うう、あつい……」

「身体も温まってきたし、そろそろ出るか」

風呂を済ませると、俺はベッドで横になった。

寝室の時計はすでに午前〇時を回っている。

「マスターさん、おやすみなさい……。むにゃ……」

スララは俺のすぐそばに、まるで冬場の猫みたいにピトッとくっついてきた。

その身体はじんわりと温かく、とても心地いい。

俺は眼を閉じて今日のできごとを振り返る。

オーネンを出るときの見送りはすごかったな。

花火が上がったり、音楽隊が演奏したり、まるでパレードみたいな盛り上がりだった。

あんなに大勢の人々が集まってくれるなんて、俺は本当に幸せ者だ。

いつかオーネンに帰ったら、みんなに感謝を伝えたい。

グランド・キャビンでの旅は想像以上に快適だったし、そういえば、久しぶりに読書をしたな。

二冊目に読んだミステリーは面白かった。続編もあるようなので、書店で探してみるのもいいかもしれない。

ここトゥーエではデビルトレントと戦闘になったが、街の被害はゼロだし、神官の少女を助けることもできた。文句なしのハッピーエンドだ。

よかった、よかった。

明日はどんな出来事が待っているのだろう。

楽しみだな。

それじゃあ、おやすみなさい。

第八話 トゥーエを観光してみた。

翌朝、俺は午前八時に眼《め》を覚ました。

どうやらよく眠れたらしく、頭もスッキリしている。

窓から差し込んでくる朝日がまぶしい。

スララは俺のそばで穏やかに寝息を立てている。

「くぅ……。すぴー……」

この様子なら、まだしばらくは眠ったままだろう。

俺は【器用の極意】を発動させ、スララを起こさないように細心の注意を払いながら、ゆっくりとベッドを離れる。

洗面所で顔を洗って髪を整え、リビングのソファに腰掛けた。

時計を見れば、午前八時二十分を指している。

今日の出発は午前九時、フロントでアイリスと待ち合わせだ。

まだ時間には余裕があるな。

「……よし」

昨日はデビルトレントを倒したわけだし、今のうちに【創造】をやっておこう。

俺は脳内で【アイテムボックス】を開く。

リストから『デビルトレントの左腕 × 一』を選び、まずは【解体】を行う。

すると『デビルトレントの枝』が二〇〇個ほど手に入った。

サイズが大きいだけあって、素材の数もかなりのものだ。

続いて『デビルトレントの下半身』を【解体】にかけると『デビルトレントの幹』がおよそ四〇〇個、『デビルトレントの根』がおよそ二〇〇個も入手できた。

さて、新しいレシピはあるだろうか？

脳内に浮かんだのは【創造】ではなく【素材錬成】のレシピだった。

デビルトレントの枝×五〇　↓　ユグドラシルの枝×一

【素材錬成】とは、同じ素材を掛け合わせることにより、さらに上位の素材を生み出すスキルだ。

以前、俺はロンリーウルフの毛皮を集めてフェンリルの毛皮へと変換している。そこから【創造】したフェンリルコートは《神速の加護EX》という強力な付与効果を持っており、戦闘以外の場面でも役に立っている。

ユグドラシルの枝からはいったいどんなアイテムが作れるのだろう？

とても楽しみだ。

俺は期待に胸を膨らませながら【素材錬成】を実行する。

ユグドラシルの枝：この世界を支える神樹ユグドラシルの枝。その内部には神聖な力が秘められている。

ユグドラシルといえば日本産のアニメやゲームによく出てくる言葉のひとつだが、元ネタは北欧神話に登場する非常に大きな樹木で、その枝葉によって複数の世界を下から支えている。

俺は【アイテムボックス】からユグドラシルの枝を取り出した。

それは薄緑色の神々しい輝きを放っており、眺めているだけで厳かな気持ちになってくる。

ただし、ユグドラシルの枝を素材とする【創造】のレシピは浮かんでこなかった。

おそらくスキルランクが足りないのだろう。

「まあ、焦ることはないか」

今後も【創造】を繰り返していけば、いずれスキルランクも上がり、ユグドラシルの枝を使ったレシピも出てくるはずだ。そのときの楽しみに取っておこう。

俺はユグドラシルの枝を【アイテムボックス】に収納する。

それから五分ほどして、スララが眼を覚ました。

「マスターさん、おはよう！」

「ああ、おはよう」

「すぐに支度するよ！　ちょっと待ってね！」

スララはそう言うと、ピョコピョコと跳ねながら洗面所に向かった。

……おせわスライムの支度って、何をするんだ？

気になったので後ろを追いかけてみる。

スララは洗面台のヘリによじ登ると、鏡を見ながら、色々とポーズを取っていた。

「うん！　今日もぼくはまんまるだね！」

なんだかよく分からないが、その確認はきっとスララにとって重要なことなのだろう。

それからスララは口を大きく開けると、昨日、アイリスにプレゼントされた白い丸帽子を取り出し、頭に乗せた。地下都市の倉庫との連携は切れているが、収納用の亜空間としての機能は残っているらしい。

「マスターさん、準備おっけーだよ！」

「じゃあ、行くか」

俺は階段を下りて一階に向かった。

午前九時には少し早いが、すでにアイリスは宿のフロントで待っていた。

「コウ、スララちゃん。おはよう」

「待たせたか？」

「ううん、いま来たところよ。……ふふっ」

「どうした？」

「あたしたち、朝はいつもこのやりとりよね」

言われてみれば確かにそのとおりだ。

……今後はもうすこし変化をつけてみるのもアリだな。

そのあと、俺たちはフロントに鍵を預け、トゥーエの観光に繰り出した。


トゥーエの街はちょっと不思議な形をしている。

大きな円の上に小さな円がのる、というもので、たとえるなら『雪だるま』に似ている。

いま俺たちがいるのは雪だるまの『頭』部分で、ここは北トゥーエと呼ばれている。

雰囲気としては、一般的な市街地だ。

たくさんの建物が立ち並び、舗装された道路を人や馬車が忙しそうに行き来している。

だが通りを下って雪だるまの『胴体』部分……南トゥーエに向かうと、そこにはのどかな牧場が広がっていた。

「北と南じゃ、完全に別世界だな」

「そうね。同じひとつの街とは思えないわよね」

俺の左隣を歩きながらアイリスが言う。

「前に本で読んだのだけど、『トゥーエ』は古い言葉で『二つの顔』って意味らしいわ。この街にピッタリよね」

「あっ、マスターさん！　うしさんがいるよ！　もー！　もー！」

スララはまるで子供のようにはしゃぎまわり、あちこちをピョンピョンと跳ねまわっている。

道の左右には木製の柵が敷かれ、その向こうでは多くの牛たちがのんびり過ごしている。

空は青く、日差しはポカポカと暖かい。

しばらく歩くと、牛たちのいる区画とはひとつ柵を隔てた向こう側に羊の群れが集まっていた。

「わあっ！　今度はひつじさんだね！　めぇぇ！　めぇぇ！」

「こっちは羊牧場になっているんだな」

「ねえコウ、羊の毛刈り体験って、どこでさせてくれるのかしら？」

「ちょっと待ってくれ」

俺は【アイテムボックス】から観光ガイドブックを取り出し、毛刈り体験をさせてくれる場所を確認する。

どうやらこの近くで間違いないようだ。

受付は赤い屋根の小屋らしいが、どこだろう。

……なんだ、すぐそこじゃないか。

道なりにまっすぐ二十メートルほど進むと、右側にその小屋があった。

入口のところには看板があり『毛刈り体験、受付はこちら』という案内文と、もこもこした羊の絵が描かれていた。

「ここで間違いなさそうだな」

「入ってみましょうか」

「わーい！　ぼく、がんばるよー！」

俺たちがそんな話をしていると、ガチャリ、と小屋のドアが開き、麦わら帽子を被《かぶ》った中年男性が出てきた。

「へいらっしゃい！　兄ちゃんたち、毛刈り体験か？」

「はい。いま、空いてますか？」

「おうよ、ちょうどヒマしてたところだぜ！　さあさあ、遠慮なく入ってくれ」

中年男性に促され、俺たちは小屋の中に入る。

小屋の床はすべて藁《わら》で敷き詰められており、三匹の羊が思い思いに過ごしていた。

「料金は後払いでいいぜ。準備をするから待っててくれ」

中年男性は小屋の中央に大きめの布を広げると、奥から一匹の羊を連れてきた。

「先に言っておくと、オレは【羊飼い】スキル持ちだ。羊がアンタたちに危害を加えることは絶対にねえから安心してくれ。その代わり、乱暴なマネはしないでくれよ」

「分かりました。よろしくお願いします」

俺が頷《うなず》くと、中年男性はニッと笑った。

「よーし、それじゃあ始めるぜ。最近は便利な魔導具があってな、羊の毛刈りもラクになったんだ」

中年男性はそう言って、近くの壁に掛けてあったバリカンのような魔導具を持ってくる。

「こいつの名前は『ケガリン』、使い方は簡単だ。毛の根元に当てながら動かせばいい、そうすりゃ、自動でキレイに毛を刈ってくれる。兄ちゃん、試しにやってみな」

おいおい、随分といきなりだな。

最初にお手本を見せてほしいところだが、まあいい。

俺はバリカンもといケガリンを受け取る。

その瞬間に【器用の極意】が発動し、俺は世界でトップクラスの毛刈り職人になる。

「はぁっ！」

「メエエ！」

俺がケガリンを振るうと、羊の毛が根元から刈り取られ、ドサドサと床に落ちる。

これは気持ちいいな。

羊もどうやら心地いいらしく、機嫌よさそうに鳴いている。

「はぁぁぁっ！」

「メエッ！　メエッ！」

「はぁぁぁぁぁぁぁぁぁっ！」

「メエエエエエエエエエエッ！」

「……ふう」

時間にして、およそ三分ほどだろうか。

俺は羊の毛をすべて刈り終え、完全な丸裸にしていた。

「す、すげえ……」

中年男性がゴクリと息を呑《の》む。

アイリスとスララも驚いているらしく、目を丸くして俺のほうを見ていた。

「コウって、本当になんでもできるのね……」

「マスターさんは毛刈りの達人だね！　わーいわーい！」

「スキルのおかげだよ。じゃあ、次はアイリスだな」

「そうね。コウみたいにうまく刈れるかしら」

「アイリスおねえさん、がんばって！」

中年男性に別の羊を連れてきてもらい、アイリスによる毛刈りが始まった。

「なかなか難しいわね……」

どうやらケガリンを当てる角度にはコツがあるらしく、ちょっと苦戦している。

「ぼくもお手伝いするよ！　ひつじさん、ちょっとお肌をひっぱるね」

「メエエ」

さすがおせわスライムというべきか、スララが補助に入った途端、毛刈りはすいすいと進み始めた。アイリスも楽しそうだ。

その姿を眺めていると、中年男性が俺に話しかけてくる。

「ところで兄ちゃん、どこの街から来たんだ？」

「オーネンです」

「ってことは、《竜殺し》の話は知ってるよな」

「ええ、まあ」

むしろ俺がその本人だったりするのだが、あえて名乗ることもないだろう。

ひとまず、曖昧に頷いておく。

「兄ちゃん、《竜殺し》ってどんなヤツなんだ？　もしよかったら教えてくれ。トゥーエを救ってくれた英雄だし、気になって仕方ねえんだ」

「ええと……」

さて、どう答えたものだろう。

俺が考え込んでいるあいだに、男性はさらに言葉を続けた。

「オレの聞いた話じゃ、《竜殺し》は黒眼黒髪の若い男で、赤髪の竜人族と、まるい不思議な生き物を連れているらしい。……って、んん？　ちょっと待てよ。兄ちゃん、もしかして――」

「いえ、人違いだと思いますよ。そういえば毛刈り体験の料金っていくらですか？」

「羊一匹あたり三〇〇〇コムサだな。これで二匹目だから合計で六〇〇〇コムサになるぜ」

「じゃあ、今のうちに払っておきます」

俺は【アイテムボックス】を開くと、毛刈り体験の料金を支払った。

「ちょうど六〇〇〇コムサだな。ありがとよ。……ところで兄ちゃん、《竜殺し》だよな」

「はい」

しまった。

さりげなく訊《き》かれたせいで、つい、ポロッと正直に答えてしまった。

「やっぱりな」

中年男性はニヤリと笑うと、六〇〇〇コムサをこちらに返してくる。

「だったら無料でいいぜ。街を守ってくれた英雄から金は取れねえよ」

「それはちょっと申し訳ないような……」

「だったら、これは見物料だ。さっきの毛刈り、達人級の手際だったからな」

「分かりました。それではいただいておきます」

俺は頷く。

ここで遠慮するのも、かえって失礼というものだろう。

「すみません、なんだか気を遣わせてしまって」

「いいってことよ。それより、他の連中にもアンタたちのことを紹介させてくれ。お礼を言いたいやつも多いだろうしな」


アイリスとスララが毛刈りを終えたあと、俺たちは男性に案内され、牧場のあちこちを巡ることになった。

俺たちは行く先々で「街を守ってくれてありがとう！」「アンタたちはトゥーエの大恩人だ！」と感謝の言葉をかけられ、さらにはお礼の品を渡されることもあったが、気がつくと突発的な宴会が始まっていた。

具体的にどういう流れだったかと言えば……

「《竜殺し》の兄ちゃん、せっかくだからウチのミルクを飲んでいってくれよ」

「自家製のチーズはいかが？」

「おっと、それならウチのチーズも負けてねえぜ」

「チーズといえばワインだよな。オヤジのとっておきだ、みんなで空けようぜ」

そう、最初のうちは牧場のチーズを味見するだけの話だったのだ。

しかしながら誰かがワインを持ってきたあたりで周囲のテンションが上がっていき、気がつくと牧場の人々が勢揃《せいぞろ》いしての大騒ぎに発展していた。

いや、それだけじゃない。

牛や羊、ニワトリといった動物までも集まってきた。

「トゥーエの無事と《竜殺し》の活躍を祝って、乾杯！」

「「「「乾杯！」」」」

蒼空《あおぞら》の下で、人々の景気のいい声がこだまする。

同時に、動物たちも鳴き声をあげた。

「「「「モオオオ！」」」」

「「「「メエエエ！」」」」

「「「「コケエエ！」」」」

どうやらこの世界においては、人間だけでなく、動物たちもノリがいいらしい。

……ずいぶんとカオスだな。

けれど、嫌いじゃない。

俺たちは牧場の人々や動物たちに囲まれ、非常に楽しい時間を過ごすことができた。


宴会はしばらくのあいだ続き、夕方の解散となった。

「《竜殺し》の兄ちゃん、また来てくれよ！」

「いつでも大歓迎だぜ！」

「牛たちも待ってるからな！」

俺たちは牧場の人々（と動物）に見送られ、その場を去った。

空は茜色《あかねいろ》に染まり、西の空には太陽が沈もうとしている。

「けっこう長居したな」

「こういう過ごし方も悪くないわね。……でも、ちょっと飲みすぎたわ」

アイリスは酔いが回っているらしく、足取りがすこし危なっかしい。

転ばないか心配だ。

スララは疲れて眠っているため、俺が右腕に抱えている。

ぷにぷにでひんやりとした感覚が心地いい。

「コウは元気そうね。でも、あたしより飲んでなかった？」

「【転移者】のおかげだよ。状態異常耐性があるからな。ほろ酔いはしても悪酔いはしないんだ」

「それは羨《うらや》ましいわね。……きゃっ！」

アイリスが小さく悲鳴をあげた。

どうやら足がもつれたらしく、大きくバランスを崩す。

「おっと」

俺は左腕を伸ばすと、アイリスの腰を抱くようにしてその身体を支えた。

「大丈夫か？」

「平気よ。ありがとう、コウ」

アイリスは安堵《あんど》のため息を漏らす。

俺は少し考えたあと【アイテムボックス】から解毒ポーションを取り出した。

以前に【創造】したアイテムのひとつで、付与効果には《解毒効果増強S＋》が含まれている。

「よかったら飲んでくれ。少しは楽になるはずだ」

「恩に着るわ」

アイリスは解毒ポーションを受け取ると、すぐに口をつけた。

こく、こく、と喉が上下する。

「……すごいわね、これ」

アイリスが驚いたような表情を浮かべる。

「なんだか気分がスッとしたわ。頭もハッキリしてきたし、まるでお酒を飲む直前に戻ったみたい」

「最高級の解毒ポーションだからな」

「これがあれば、いくら飲んでも大丈夫そうね」

アイリスはクスッと笑うと、軽い足取りで歩き始めた。

「ねえコウ、次はどこに行くの？」

「そろそろ着くぞ」

「えっ？」

そこは街の東門だった。

すぐ横には階段があり、城壁の上につながっている。

「もしかして街の外に出るの？」

「いや、そうじゃない」

俺は首を横に振る。

「トゥーエの東門では、城壁の上を展望台として開放しているんだ。行ってみないか？」

「あら、面白そうね」

アイリスはクスッと微笑《ほほえ》んだ。

「それじゃあ、ちょっと寄り道していきましょうか」


城壁の上へと続く階段は、想像以上に長かった。

現代日本にあてはめるなら地上八階か九階くらいの高さはあるだろう。

展望台には俺たち以外の人影はない。

夕暮れ時という時間帯もあってか、展望台からの風景はとても美しい。

街のほうを眺めれば、手前にはのどかな牧場が、遠くにはにぎやかな市街地が広がっている。

『二つの顔《トゥーエ》』と名付けられた街は、いま、夕陽によって赤く彩られていた。

「……きれいね」

「ああ」

俺とアイリスはしばらくのあいだ、ただ静かにトゥーエの街を眺めていた。

展望台にいるのは俺たち二人だけだ。

いや、二人と一匹か。

スララは俺の右腕の中で、気持ちよさそうに眠っている。

「牧場の人たち、すごく感謝していたわね」

先ほどの宴会を振り返るように、アイリスが言った。

「気分はどう？　トゥーエの英雄さん」

「正直、ビックリしたよ」

俺は苦笑する。

「あんなに歓迎されるなんて、完全に予想外だったよ」

「まあ、牧場の人たちの気持ちも分かるわ」

「そうなのか？」

「トゥーエの牧場は長い年月をかけて、親から子へ、子から孫へと世代交代を繰り返しながら今の規模まで発展してきたの。もしコウがいなければ、その歴史ごと消えてなくなっていたわけだし、そのぶん感謝も大きいでしょうね」

「……なるほどな」

どうやら俺は、俺が想像するよりもずっと多くのものを守っていたらしい。

街の人々の財産とか、先人が築き上げてきた歴史とか。

そういうのって、確かに大切なものだよな。


夕陽が山の向こうに沈み始めたころ、俺たちは展望台を出た。

「コウ、ありがとう。とっても素敵な景色だったわ」

「それはよかった」

アイリスも喜んでいるみたいだし、俺としても満足だ。

さて、次は夕食……と言いたいところだが、ひとつ、大きな問題があった。

「アイリス。何か食べたいものはあるか？」

「うーん。正直、まだお腹は空《す》いてないのよね」

「俺もだ」

おそらく、昼の宴会で飲み食いしたものが胃に残っているせいだろう。

どうやら満腹感は【転移者】で無効化できないようだ。

「夕食は後回しにするか」

「ええ、どこかで時間を潰《つぶ》してからにしましょう。コウは行きたいところってある？」

「そうだな……」

俺はしばらく考えたあと、こう訊《たず》ねた。

「昨日、ギルドの医務室に女の子を運んだのは覚えてるか？」

「神官で、銀髪の子よね」

「さすがに目を覚ましているとは思うんだが、一応、確認しておきたい。冒険者ギルドに寄ってもいいか？」

「分かったわ。あたしも気になってたし、行きましょうか」

話がまとまったので、俺たちは西側の市街地に向けて歩き始める。

スララは眠り続けている……かと思ったら、「ふぁぁ……」と大きなあくびをして目を覚ました。

「むにゃ……？　マスターさん、おはよう。ぼく、寝ちゃってたみたい。ごめんね」

「よく眠れたか？」

「うん、とっても！」

スララはそう答えると、俺の右腕からピョンと飛び降りた。

「えっとね、夢の中でね、地下都市のみんなとおしゃべりしたんだよ！」

「みんなって、他のスライムのことかしら」

「かもしれないな」

俺はアイリスの言葉に頷く。

直後、【フルアシスト】が起動して情報を補足してくれる。

……ふむふむ。

どうやら、おせわスライムたちの意識は深い部分でひとつに繋《つな》がっており、スララは睡眠時に他のスライムと情報を共有できるらしい。

スリープ中に同期するなんて、まるでパソコンみたいな機能だな。

やがて俺たちは冒険者ギルドのトゥーエ支部に到着した。

正面ロビーは閑散としており、壁の時計は午後七時三十分ちょうどを指している。

冒険者たちはとっくにクエストの精算を済ませ、呑みに出かけているのだろう。

窓口は一つだけ開いており、女性職員が座っている。

神官の少女がどうなった訊ねてみると、どうやら昼過ぎに眼を覚ましたらしい。

「急ぎの用事があって、昼過ぎには冒険者ギルドを出たみたいです。……そういえば、あの子から手紙を預かっています。ちょっと待ってくださいね」

女性職員はそう言って、受付近くの引き出しから白い封筒を取り出した。

封筒の中央には『コウ・コウサカ様へ』と書かれており、右下に『リリィ・ルナ・ルーナリア』と署名されている。

おそらく、これが少女の名前なのだろう。

俺は封筒を開けると、中に入っていた手紙を読むことにした。

手紙の前半は、少女――リリィが気絶するまでの経緯の説明となっていた。

それによると、リリィは旅の神官であり、たまたまトゥーエを訪れていたときにデビルトレントの出現を知り、足止めに向かうことを自分から志願したという。

光魔法のセレスティアル・チェインによってデビルトレントの動きを封じたものの、リリィの魔力はやがて限界を迎え――ちょうどそのタイミングで俺たちが駆けつけた、というわけだ。

手紙の後半には感謝のことばが丁寧に書かれており、最後は「近日中にかならずお礼に伺います」という文章で締められていた。

どうやらリリィという少女はとても律儀《りちぎ》で真面目な性格なのだろう。

個人的には、とても好感が持てる。


俺たちは冒険者ギルドを出たあと、街の書店に寄って本を何冊か買い、それから『にくにく通り』に向かった。

トゥーエ牛専門のサンドイッチ店があったので入ってみると、その看板に偽りはなく、メニューには『塩焼き牛タンサンド』『濃厚ソースの焼肉サンド』『とろけるミスジ肉サンド』などのインパクトある文字列が並んでいた。

最も衝撃的だったのは名物商品の『にくにくサンド』、これはトゥーエ牛のハンバーグを、トゥーエ牛のステーキ二枚で挟んでいる。

「……パンはどこに行ったんだ？」

「肉で肉をサンドするなんて発想、どこから出てきたのかしら」

「ぼく、ちょっと食べてみたいよ！」

せっかくの旅行だからと三人揃《そろ》って『にくにくサンド』を注文したが、これが意外にも当たりだった。肉の旨《うま》みがまるで洪水のように押し寄せ、気がつくと一個をペロリと食べ終えていた。

そのあとは宿に戻り、風呂を済ませてベッドで横になった。

明日は午前六時ころにトゥーエを出発する。

次の目的地はスリエといい、温泉で有名な街らしい。

温泉といえば日本人の心みたいなものだし、今から楽しみだ。

第九話　神官の少女と再び出会った。

翌朝、俺たちは宿のチェックアウトを済ませると、街の北門へと向かった。

【アイテムボックス】を開き、デストとグランド・キャビンを取り出す。

「オハヨウゴザイマス、マスター！」

「おはよう、デスト。今日はよろしく頼む」

「ハイ！　オマカセクダサイ！」

デストは張りのある声でそう答えると、ガシャン、と勢いよく敬礼をした。

一方、アイリスとスララはまだまだ寝足りないらしく、小さなあくびを繰り返していた。

「ふぁ……。コウは眠くないの？」

「マスターさん、ぼくよりも元気だね……。むにゃ……」

言われてみれば、確かにそのとおりだ。

そもそも異世界に来てからというもの、寝起きはいつもスッキリしている。

【転移者】のおかげで睡眠の質が大きく向上しているのかもしれない。

さて、今回の出発はかなり早めの時間帯にしたのだが、北門には衛兵や冒険者ギルドの職員、そして牧場の人たちが見送りに来ていた。

「《竜殺し》さん、お気をつけて！」

「また来てくれよ！」

「街を守ってくれてありがとうな！」

「あんたのことは忘れねえぜ！」

こんなふうに暖かい言葉で送り出してもらえるなんて、本当に幸せなことだよな。

俺たちは街の人たちに向かって大きく手を振ると、馬車へと乗り込んだ。

スララは一階のソファにポフンと飛び乗ると、そのまま「すぴー」と寝息を立て始めている。

揺すっても起きそうにないし、このままにしておくのが一番だろう。

「あたしも一眠りしようかしら……」

「だったら二階のベッドを使ったらどうだ？」

この馬車は二階建てになっており、二階には手前と奥に二つのベッドルームが用意されている。

寝心地も上々だし、仮眠するにはピッタリだろう。

「そうね、そうしようかしら。あたしは奥の部屋にいるから、何かあったら起こしてちょうだい」

アイリスは最後にもう一度だけ大きなあくびをすると、二階への階段を上っていった。

ほどなくして馬車が動き始める。

街道を北東へと進んでいけば、夕方にはスリエに到着するだろう。

俺はしばらく一階のソファに座って窓から外を眺めていたが、だんだんと退屈になってきたので、
馬車の前方にあるドアを開け、外の御者台に出た。

すぐ正面にはデストの背中が見える。

俺は御者台のやや右側に腰を下ろした。

ここから周囲の景色がよく見える。

「マスター、ゴ用事デスカ？」

デストは馬車を引きながら、チラリ、と俺のほうに視線を向けた。

「ちょっと外の空気を吸いたくなったんだ。ここで過ごしても構わないか？」

「モチロンデス！　大歓迎デス！」

「それはよかった。じゃあ、ゆっくりさせてもらおうかな」

俺は周囲の風景を眺める。

このあたりは草原が続いているため、とても見晴らしがいい。

遠くの空を小鳥たちが飛んでいる。

朝日は燦々《さんさん》と輝き、すがすがしい風が吹く。

「……本でも読むか」

俺は【アイテムボックス】から小説本を取り出した。

すでに二冊を読み終えているので、これで三冊目になる。

内容としてはアクション系のエンターテインメント小説で、個性豊かな十三人の海賊たちがお宝を巡ってのバトルを繰り広げる物語だ。スキルを活用しての頭脳戦はとても面白く、気がつくと最後まで読み終えていた。

「ふう」

俺は小説本を【アイテムボックス】に戻すと、椅子から立ち上がって大きく伸びをした。

「……ん？」

前方に眼《め》を向けると、道沿いの切り株に、ちょこんと小さな女の子が座っていた。

銀色の髪が、太陽に照らされてキラキラと輝いている。

俺はその少女に見覚えがあった。

リリィ・ルナ・ルーナリア。

戦神教の神官で、俺への手紙には「近日中にかならずお礼に伺います」と書き残していたが、もしやそのために待っていたのだろうか？

「デスト、ちょっと停《と》まってくれ」

「承知シマシタ！」

だんだんと馬車が減速し、切り株のところを少し通り過ぎたあたりで完全に停車した。

俺は御者台から飛び降りる。

少女は切り株から立ち上がると、トテテテテ……と小走りに近づいてきた。

「コウ・コウサカさん、ですよね？」

「ああ。そのとおりだ」

俺が頷《うなず》くと、少女はペコリと頭を下げた。

「私は、リリィ・ルナ・ルーナリア、です。先日は危ないところを助けていただき、本当にありがとうございました」

「別に構わないさ。それより、こんなところで何をしているんだ？」

「この前、デビルトレントから助けていただいたお礼を、言いに来ました」

やっぱりな。

どうやらリリィという少女は、かなり律儀《りちぎ》な性格のようだ。

しかし、どうしてわざわざ街から離れた場所で待っていたのだろう。

そのことをリリィに訊《たず》ねてみると、こんな答えが返ってきた。

「私には【予知夢】というスキルがあります。夢が、教えてくれました。今日、この時間に、コウさんの馬車がここを通る、って」

「夢の指示どおりに動いた、ってことか」

「はい」

リリィは真面目な表情で頷く。

「せっかく夢が教えてくれているのに無視するのは、なんだか失礼な気がして……」

それはちょっと面白い考え方だ。

スキルにまで礼儀を払おうとするなんて、義理堅いというか、本当にこの子は真面目な人間なのだろう。俺個人としては好感が持てる。

「あの、コウさん」

「なんだ？」

「夢の中での私は、こう質問していました。……【転移者】というスキルをお持ちですか？」

さて、どう返答したものだろう。

俺は自分のスキルを積極的に隠しているわけではないが、【転移者】についてはは説明がややこしいため、基本的には伏せている。

返答に迷っていると、リリィはさらにこう告げた。

「私には【戦神の巫女《みこ》】というスキルがあります。もしコウさんが【転移者】をお持ちであれば、大切なお話と、お渡しすべきものがあります」


【戦神の巫女】。

そのフレーズを聞いたとき、俺の頭をよぎったのはアイリスのことだった。

彼女は【竜神の巫女】と呼ばれるスキルを持っており、「【転移者】に竜神の紅玉を渡す」という使命を背負っていた。

もしかするとリリィも、それと同じような使命を抱えているのかもしれない。

【戦神の巫女】と【竜神の巫女】、名前もよく似ているしな。

俺はしばらく考えたあと、リリィに告げた。

「確かに俺は【転移者】持ちだ。……話も長くなりそうだし、馬車の中で話さないか？」

「分かりました。では、お邪魔します」

というわけで俺はリリィを連れて馬車のほうに戻る。

リリィもスリエに向かうつもりらしいので、デストには「予定のルートで進んでくれ」と指示しておいた。

俺たちが馬車に乗り込むと、ちょうど、一階のソファで眠っていたスラlラが目を覚ましたところだった。

「ふわぁ……。おはよう、マスターさん。……あれれ？」

スラlラは大きくあくびをしたあと、リリィの姿に気づいて声をあげた。

「ねえねえ、その子って、前にマスターさんが助けた子だよね？」

「ああ。よく覚えてたな」

「ふふん！　ぼくはかしこいスライムだよ！」

スラlラはちょっと得意げな表情を浮かべたあと、ぴょこんとソファから飛び降り、リリィのところにやってきた。

「はじめまして！　ぼくはスラlラだよ！」

「私はリリィです。よろしくお願いします」

「うん、よろしくね！」

スラlラはすこし縦長になると、ぺこり、とお辞儀をした。

「リリィおねえちゃんは、マスターさんにご用事なの？」

「おねえちゃん……」

リリィはなぜかじーんとした表情を浮かべると、頷いた。

「はい。コウさんに大切なお話と、お渡しするものがあります」

「そうなんだ！　おはなし、ぼくもいっしょに聞きたいな！」

「私は、構いません。コウさんはどうですか？」

「スララも大切な仲間だからな。もちろん大丈夫だ」

「わーい！　マスターさんに、大切な仲間、って言ってもらったよ！　ぼくはなかまスライム！」

スララは嬉《うれ》しそうにその場でピョンと飛び跳ね、クルリと宙返りをした。

ものすごく嬉しそうだ。

大切な仲間といえばアイリスもその一人だし、ここに同席させたいところだ。

けれども、さすがに寝ているところを起こすのは申し訳ないし、彼女が目を覚ましたら情報を共有しよう。

……などと考えていたら、アイリスが二階から下りてきた。

どうやら目を覚ましたらしい。

「おはよう、コウ。二階のベッド、すごく寝心地がいいわね。おかげでぐっすり眠れたわ。……あら、その子って……？」

「ああ。このまえ助けた神官の子だ。街道の途中で俺たちを待っていたらしい」

「先日は、ありがとうございました」

リリィはアイリスのほうを向くと、丁寧な仕草で頭を下げた。

「私は、リリィ・ルナ・ルーナリア、です。よろしくお願いします」

「あたしはアイリスノート・ファフニル、Aランク冒険者よ。アイリスでいいわ」

「では、私のことはリリィとお呼びください。同じ巫女どうし、よろしくお願いします」

今の発言からすると、リリィはアイリスが【竜神の巫女】持ちであることを把握しているようだ。

おそらく【予知夢】の効果で知ったのだろう。

「同じ？　えっと、それってどういうことかしら……？」

一方でアイリスはリリィについて何も知らないわけで、当然ながら戸惑いの表情を浮かべていた。

「リリィは【戦神の巫女】ってスキルを持っているんだ」

俺はアイリスにそう告げてから、窓際のソファに視線を向けた。

「とりあえず座らないか？　腰を落ち着けてから話をしよう」

「そうね、そうしましょう」

「了解しました」

「はーい！」

全員の同意も得られたので、ひとまずソファに向かう。

俺が奥にある窓際のソファに座ると、三人もそれぞれ腰を下ろした。

「すでにコウさんにはお伝えしましたが、私は【戦神の巫女】というスキルを持っています」

最初に口を開いたのは、リリィだった。

真剣な面持ちで事情の説明を始める。

「【戦神の巫女】は、数百年に一度だけ人族の女性に宿るスキルです。効果としては、『戦神』の名前を持つアイテムの力を引き出すことができます」

「……【竜神の巫女】にそっくりね」

アイリスの言葉に、俺は小さく頷いた。

リリィの説明の「戦神」を「竜神」に、「人族」を「竜人族」に入れ替えたら、それはそのまま【竜神の巫女】の説明になる。

「ぼく、知ってるよ！」

スララが元気よく声をあげた。

「古代の学者さんが言ってたよ！　【竜神の巫女】と【戦神の巫女】は対になるスキルで、二つが揃《そろ》うと、なんだかすごいことが起こるんだって！」

「すごいこと？」

「うん！　すごいことだよ！　……でも、詳しいことは分からないんだ。ごめんね、マスターさん」

スララはしょぼんと目を伏せる。

リリィは、そんなスララを慰めるようにぽんぽんと頭を撫《な》でると、話を続けた。

【戦神の巫女】には使命がふたつあります。ひとつめは、【転移者】にこの弓を授けることです」

そう言ってリリィは神官衣の内側から、ヌッ、と大きな木製の弓を取り出した。

全長は二メートルほどで、リリィの身長を明らかに超えている。

こんな大きなものを、いったいどこに隠し持っていたのだろう？

「私の神官衣は、一種の魔導具になっています」

リリィが補足するように言う。

「容量の制限はありますが、多少の荷物なら、持ち運べます」

つまり、疑似的な【アイテムボックス】ということだろう。

アイリスのポーチと同じだな。

疑問が解決したところで、俺はリリィから弓を受け取る。

弓はとても古めかしい雰囲気だが、手に持つとじんわりと温かく、まるで生きているように脈打っていた。

「……ん？」

この弓、どこかで見たことがあるぞ。

俺は顔を上げ、リリィのほうに視線を向けた。

神官衣の右肩には戦神教のシンボルマークが描かれている。

それは剣、槍《やり》、弓を組み合わせた十字の形だが、弓の図柄は、リリィから手渡されたものによく似ていた。

「お気づきに、なりましたか」

俺の内心を察したようにリリィが言う。

「戦神教の紋章には、戦神ウォーデンの力を宿した三つの神器が描かれています。魔剣グラム、ユグドラシルの弓、そして無銘の聖槍《せいそう》。――コウさんにお渡ししたのはそのうちのひとつ、ユグドラシルの弓になります」

「……ちょっと待って」

アイリスが小さく手を挙げて発言した。

「ユグドラシルの弓については、ちょっとだけ聞いたことがあるわ。ふだんは聖地の大神殿に安置されていて、五十年に一度の大きな儀式でしか表に出てこないはずよ。……そんなものを持ち出して大丈夫なの？」

戦神教はその名前のとおり、戦神ウォーデンを信仰している。

ユグドラシルの弓は戦神の力を宿しているわけだから、当然ながら、戦神教にとって非常に重要なアイテムのはずだ。

普通に考えれば、そうそう気軽に持ち出せるようなシロモノに思えない。

だが、リリィは冷静な表情のままこう言った。

「問題は、ありません。【転移者】にユグドラシルの弓をお渡しすることが【戦神の巫女】の使命です。神器の扱いについては、私に全権が預けられています」

「じゃあ、戦神教から文句を言われることはない、ってことか」

それはよかった。

宗教組織を敵に回すような事態なんて、正直、全力でお断りしたいからな。

ともあれ、ユグドラシルの弓とやらが手に入ったわけだし、まずは【鑑定】してみよう。


ユグドラシルの弓（封印）：別名『災厄殺しの弓』。これは、すべての災厄にとっての天敵である。【転移者】を持つ者にしか扱うことができない。現在、その力は封印されている。


封印されし災厄殺しの弓か。

なんだか心をくすぐられる設定だな。

封印が解ける条件は分からないが、災厄は黒竜のほかにも複数が存在するわけだし、今後、そいつらが復活したときに役立ってくれるかもしれない。

俺は【アイテムボックス】に弓を収納する。

脳内のリストに「ユグドラシルの弓」が追加された。

リストは日本語の五十音順でソートされているが、ちょうど弓の上には「ユグドラシルの枝×一」が表示されていた。

これは昨日の朝、【素材錬成】で生み出したものだ。

弓も枝も「ユグドラシル」を名前に冠しているわけだし、両者を素材にして新しい武器を【創造】できないだろうか？

レシピは……ない。

とはいえ、両者の間には何らかの関係がありそうだし、そこは今後の楽しみにしておこう。

俺がそんなことを考えていると、リリィが、ふう、と小さく安堵《あんど》のため息をついた。

「コウさんに弓をお渡しできて、よかったです。これで使命のひとつを果たせました」

「使命はもうひとつあるんだよな」

「はい」

リリィは頷く。

「ふたつめの使命は、もうひとつの神器である魔剣グラムを探すことです。数千年前に失われたと聞いていますが、コウさん、何か心当たりはありませんか？」

「グラムだったら、ここにあるぞ」

「えっ……!?」

リリィが驚きに目を丸くする。

俺はソファから立ち上がると、左側の通路に出た。

【アイテムボックス】を開き、虚空に浮かび上がった魔法陣の中からグラムを取り出す。

それは長さ二メートルを超える大剣であり、刃《やいば》は銀色に輝いている。

「……ものすごい神気ですね」

リリィはゴクリと息を呑《の》んだ。

グラムに宿った戦神の力を感じ取ったのかもしれない。

「これが、竜殺しの魔剣グラム……。まさか、すでにコウさんが持っていたなんて……」

リリィにとってこの展開はまったくの予想外だったらしく、唖然《あぜん》とした表情を浮かべている。

「グラムがある場所は【予知夢】に出てこなかったのか？」

「はい。私が夢で見たのは、今日、コウさんにユグドラシルの弓を渡すところまでです」

つまり、ここから先はリリィにとって未知の展開というわけだ。

「コウさん、グラムはどこで見つけましたか？」

「オーネン近くの地下都市だな。これは俺が持ったままでいいのか？」

戦神教にとっては重要なアイテムのひとつだろうし、返還を迫られる可能性もありうる。

だが、リリィはこう答えた。

「グラムも神器のひとつですし、その扱いは私に一任されています。コウさんがこのまま持っていてください」

「分かった。助かる」

俺にとってグラムは、黒竜との戦いを一緒に乗り越えた相棒のような存在だ。

正直なところ、あまり手放したくないというのが本音だったので、リリィの発言はありがたい。

俺が安心していると、アイリスが小さく手を挙げた。

「ちょっといいかしら」

「どうした？」

「さっきの話で気になったのだけど、リリィちゃんは【予知夢】スキルを持っているの？」

「はい。【予知夢】には小さいころから何度も助けられています」

「そう、ありがとう。……あの子と同じなのね」

アイリスは窓の外に眼を向けると、小声でそう呟《つぶや》いた。

あの子というのは、おそらく、アイリスの双子の妹——フェリスのことだろう。

フェリスは三年前に他界しており、スキルとしては【竜神の巫女】と【予知夢】の二つを所持していた。

その意味ではリリィに近いものがあるし、アイリスとしてはフェリスを思い出してしまうのも当然かもしれない。

俺がひとり頷いていると、やがてスラランが口を開いた。

「ねえねえ！　リリィおねえちゃんは、これからどうするの？」

「戦神教の本部からは、使命を果たした後は【転移者】の護衛に付くように言われています。よろしければ、コウさんの旅に同行させてもらっていいですか？」

「俺は大丈夫だ。アイリスとスラランはどうだ？」

「あたしも構わないわ。よろしくね、リリィちゃん」

「ぼくも大歓迎だよ！　わーいわーい！」

「ありがとう、ございます」

リリィはソファから立ち上がると、ペコリ、と小さく頭を下げた。

「あらためて、よろしくお願いします」

第十話 みんなで料理を作ってみた。

こうして俺たちの旅に新しい仲間が加わった。

リリィ・ルナ・ルーナリア。

戦神教の神官であり、【戦神の巫女《みこ》】という珍しいスキルを持っている。

性格としては真面目かつ律儀《りちぎ》。デビルトレントをひとりで抑え込んでいたことを考えると、神官としての実力もなかなかのものだろう。

話が一段落ついたところで窓の外を見れば、太陽はすでに高く昇っている。

リビングの壁掛け時計は十二時過ぎを指していた。

「ねえコウ、そろそろ食事にしない？」

「ああ、そうだな」

俺はアイリスの言葉に頷《うなず》くと、脳内で【アイテムボックス】を開いた。

その中には色々な料理がストックしてあるが、せっかくリリィという新たな仲間が入ったわけだし、普段とは違うことをしてみたい。

「ふむ……」

昨日、トゥーエの牧場ではたくさんのお土産を貰《もら》ってしまった。

トゥーエ牛のブロック肉、自家製のチーズ、バター、ヨーグルト、新鮮な野菜や果物のほか、焼き立てのパンなどなど。

これだけ食材があるなら、自分で料理をするのもアリだよな。

馬車の後部には立派なキッチンがあるし、包丁や鍋を握れば【器用の極意】が手助けしてくれる。

以前にロンリーウルフの素材から【創造】した雄孤狼《おすころう》のエプロンには《料理上手S》も付与されているわけで、おそらく、それなり以上のものは作れるはずだ。

よし、やってみるか。

そう思い立った次の瞬間、なんと【フルアシスト】が自動的に起動した。


本日の昼食のメニューとして、以下のものを提案します。
・牛肉のトマト煮
・チーズオムレツ
・バナナヨーグルト

【フルアシスト】は異世界での生活をさまざまな面からサポートしてくれるスキルだが、さすがに食事の献立を提案してきたのは予想外だった。

俺が驚いて目をパチパチさせていると、そのあいだに【フルアシスト】が料理のレシピを脳内にインストールしてくれる。本当に便利だな、このスキル。

ともあれ、昼食のメニューは決まった。

俺はソファから立ち上がる。

「今日の昼は俺が作るよ。みんな、苦手な食べ物はないか？」

「コウが？」

アイリスは驚いたように声をあげたが、すぐに納得したような表情を浮かべる。

「そういえばオーネンでも、街クエストで料理店の手伝いをしていたわよね。冒険者のあいだでも評判になってたわ。コウがキッチンにいる日はすごく味がいい、って」

「そこまで言ってもらえるのは光栄だな。じゃあ、ちょっと作ってくる」

「あたしも手伝うわ」

「私も、お手伝いします」

「ぼくもがんばるよ！」

どうやら皆、やる気は十分のようだ。

せっかくだから全員で作るか。

なんだか林間学校のキャンプみたいで、ちょっとワクワクするな。


こうして俺たちは皆で料理をすることになった。

俺は雄孤狼のエプロンを追加で二つ【創造】すると、アイリスとリリィに渡した。

せっかく便利なアイテムがあるんだから、使わないと損だよな。

もちろん俺自身もエプロンを身につけておく。

続いて【アイテムボックス】から食材と調味料を取り出し、キッチンに並べる。

今回の目玉はトゥーエ牛のブロック肉、部位は肩ロースだ。

脂がよく乗っていて、とても旨《うま》そうな気配を漂わせている。

「よし、やるか」

キッチンに備え付けてあった肉切り包丁を手にすると【器用の極意】が発動する。

俺は牛肉の筋繊維に沿って包丁を動かし、食べやすいサイズにカットしていく。

それに並行して、周囲に指示をしていく。

「スララはトマトの皮剥《む》きだ。それが終わったら鍋で煮込んでくれ」

「はーい！　酸味とコクを出すんだね！　まかせて！」

スララはそう言うと、調理台に手が届くサイズまでぐーんと縦長になった。

包丁を手に取り、ササササッ、とトマトの皮を剥いていく。

かなり上手だ。

おせわスライムだけあって、料理は得意分野ということだろう。

「アイリスは野菜を切ってくれ。まずはタマネギを頼む」

「了解よ。……ううっ、眼《め》がしょぼしょぼするわ」

そう言いながらも、アイリスは包丁を手にして次々とタマネギを串切りにしていく。

「慣れてるな」

「コウほどじゃないけど、あたしも料理くらいはできるわ。ふふん」

アイリスは得意げに胸を張った。

その表情からは確かな自信がうかがえる。

「タマネギが終わったらニンニクとニンジン、それからマッシュルームも頼む」

「任せてちょうだい。……コウの作ったエプロン、すごい効果ね。いつもより手がすいすい動くわ」

アイリスは《料理上手S》の効果を実感しているらしく、鼻歌交じりにサクサクと野菜を切っていた。

これなら目を離しても大丈夫そうだな。

続いて俺はリリィに声をかける。

「少し待ってもらっていいか？　こっちが一段落ついたら一緒にやろう」

「はい。ご指導、よろしくお願いします……！」

リリィはガチガチに緊張しながら頭を下げた。

本人の話によると、料理は今回が初体験らしい。

今までの食事はすべて教会の人間が用意してくれたそうだ。

【戦神の巫女】という特殊なスキルを持つために、教会では特別扱いされていたのかもしれない。

俺はブロック肉のカットを済ませると、水道で手を洗い、リリィのところに向かう。

「それじゃあ始めよう。まずは卵を割ってみようか」

「が、頑張ります……！」

「そう難しいことじゃない。気楽にいこう」

俺は牛肉のカットを終えると、手を洗い、それから卵を取った。

テーブルの角にコンコンとぶつけてヒビを入れ、両手で割る。

銀のボウルの中に、新鮮な卵の身がプルンと落ちる。

「あまり強くぶつけすぎると砕けるから、そこだけは注意したほうがいいな」

「わ、分かりました……！」

リリィはおそるおそる卵に手を伸ばすと、テーブルの角にコン……、コン……とぶつける。

何度か繰り返すうちに、やがて小さくヒビが入った。

「割ります……！」

いや、もうちょっとヒビを大きくしたほうがいいんじゃないか？

俺がそう言うより先に、リリィは卵を両手で持ち……ビキッ。

卵は割れたものの、力を入れすぎたせいで殻が砕けてボウルに入ってしまった。

リリィのエプロンにも《料理上手S》が付与されているものの、料理経験がゼロであることまではフォローしきれないらしい。

「す、すみません……」

「気にしなくていい。最初は誰でもこんなもんだ。焦らずに慣れていこう」

俺も学生時代は自炊していたが、初心者のころは失敗だらけだったしな。

ボウルに入った殻をスプーンで取り除いたあと、俺はリリィに言った。

「ちょっと一緒にやってみるか。卵を片手で持ってくれ」

「こうですか？」

リリィは右手で卵を握った。

俺はリリィの後ろに回ると、自分の右手を彼女の右手に軽く添え、テーブルの角に卵をコンコンとぶつけた。

卵を見れば、それなりに大きなヒビが入っている。

「力加減はこんなもんだな」

「コウさん、上手です……」

「慣れれば誰でもできるさ。それじゃあ割るぞ」

「はい……！」

カシッと小気味いい音がして、卵の殻が二つに割れる。

中身がボウルに落ち、プルプルとおいしそうに揺れた。

「できました……！」

リリィは、ほっ、と安堵《あんど》のため息をついた。

「じゃあ、次は一人でやってみてくれ」

「分かりました……！」

どうやらリリィは早くもコツを掴《つか》んだらしく、動きこそぎこちないが、ちゃんと卵を割れるようになっていた。《料理上手S》も効果を発揮しているのだろう。

「俺も自分の作業に戻るか」

馬車のキッチンには魔導コンロが二台、それぞれ離れたところに設置されている。

片方ではスララがトマトを煮込んでいるので、俺はもう片方を使うことにした。

食器棚からフライパンを取り出し、カットした肩ロースと、アイリスの切ってくれたニンニクを入れ、魔導コンロの火をつける。

肩ロースからジュワッと脂が滲《にじ》み、フライパンの熱でパチパチと音を立て始める。

やがてニンニクの旨そうな香りが漂ってきた。

「いい匂いね……」

アイリスが呟《つぶや》いた。

「野菜は切り終わったけど、次は何をすればいいかしら？」

「オムレツに使うチーズを用意してくれ。細かめに刻んでくれると助かる」

「分かったわ。……こうやって皆で料理するのも楽しいものね」

「そうだな。たまには悪くないな」

俺はそんな話をしつつ、料理の手を進めていく。

焼き色のついた牛肉とニンニクを大皿によけ、フライパンにタマネギ、ニンジン、マッシュルームを投入する。しばらく炒めたら、牛肉とニンニクを戻し、さらにワインを加える。

フライパンの熱でアルコールが蒸発して、シャァアッと白い蒸気があがった。

「わぁ……」

卵を割り終えたリリィが、キラキラした眼でフライパンの中身を眺めていた。

「おいしそう、です」

「ちょっと味見するか？」

「えっと……。大丈夫、です」

リリィは遠慮がちにそう言ったものの、その視線はフライパンに釘付《くぎづ》けとなっている。

俺は苦笑しつつ、近くの食器棚から小皿とフォークを取り出した。

牛肉も野菜もよく焼けているし、どれを食べても大丈夫だろう。

俺は小さめの牛肉を選び、小皿に移す。

それから、フォークを添えてリリィに手渡した。

「子供が遠慮するものじゃない。せっかくだし、味見してくれ」

「えっ、あっ、その……すみません。ありがとうございます」

リリィは恐縮したように身を小さくすると、フォークを持ち、牛肉を口に運んだ。

「おいしい……」

その表情が、ぱぁぁぁっ、と花が開くように綻《ほころ》んだ。

俺が微笑《ほほえ》ましい気持ちになっていると、そこにスララが声をかけてくる。

「マスターさん、トマトの準備ができたよ！」

「分かった。こっちに持ってきてくれ」

「はーい！　うんしょ、うんしょ！」

スララは両手で鍋を持ち上げると、俺のところまで運んでくれる。

「どこに置いたらいいかな？」

俺の使っている魔導コンロは火口が横に二つ並んでおり、右側でフライパンを熱している。

「左側に置いてくれ」

「はーい！」

鍋を覗《のぞ》き込めば、煮込まれたトマトはトロトロになっており、非常に旨そうだ。

俺はフライパンの火を止めると、具材をすべて鍋に投入する。

鍋が沸騰したあたりで弱火に変え、蓋《ふた》をしたら、しばらく様子見だ。

使い終わったフライパンは近くの流し台に置いておく。

「マスターさん！　ぼく、あらいものをしておくね！」

「ああ、頼む」

「ごしごしするよー！」

張り切るスララを横目に、俺は次のメニューに取り掛かる。

チーズオムレツを作ろう。

「アイリス、チーズはどうだ？」

「いま切り終わったところよ」

「ありがとう、助かる」

俺は卵の入ったボウルに、塩、コショウ、新鮮な牛乳、そしてアイリスが刻んだチーズを加えてオムレツの素を作る。

食器棚から新しいフライパンを出し、魔導コンロで加熱しながらバターを引く。

十分に温まったところでオムレツの素を流し入れた。

ここからが【器用の極意】の見せどころだ。

フライパンを揺らしながらオムレツの形を整えていき、半熟の一歩手前くらいになったら、奥のほうへ寄せた。

手首のスナップを利かせて、クルン、と裏返す。

「すごいです……！」

リリィが、はう、と感嘆のため息をついた。

反応のひとつひとつが初々しく、とても可愛《かわい》らしい。

「そう難しいことじゃないさ。一緒にやってみるか？」

「えっと……」

リリィは少しのあいだ戸惑っていたが、やがて「コウさんのご迷惑でなければ……」と答えた。

「大丈夫だ。それじゃあ、こっちに来てくれ」

「よろしくお願いします……！」

俺はリリィにフライパンを持たせると、卵を割ったときと同じように右手を添えた。

「それじゃあ行くぞ。３、２、１――」

「えいっ……！」

かたちのよいオムレツが、空中で半回転してフライパンに戻ってくる。

「できました……！」

「満点だな」

「コウさんのおかげです。ありがとうございます……！」

リリィは俺のほうを見上げると、幸せそうな笑みを浮かべた。

その表情を見ていると、こっちまで嬉《うれ》しくなってくる。

さて、本格的に腹も減ってきたし、残りのオムレツも一気に仕上げよう。

俺は食器棚から三個目のフライパンを取り出し、コンロの左右で並行してオムレツを焼き始める。

「コウって本当に器用よね……」

アイリスが感心したように呟く。

「スキルのおかげだよ。それより、もう一つ仕事を頼んでいいか？」

「もちろん。何でも言ってちょうだい」

「ありがとう、助かる」

俺はアイリスに、バナナを切ってヨーグルトへ混ぜるように頼んでおいた。

これはデザートだ。


それから五分ほどで昼食の準備は完了した。

馬車の一階にはソファのある座席スペースとは別に、ダイニングが用意されている。

大きめのテーブルに食事を並べ、全員揃《そろ》って席につく。

それでは、いただきます。

牛肉のトマト煮はあざやかな赤色で、見ているだけで舌から唾液が溢《あふ》れてくる。

口に入れてみれば、トマトの酸味がアクセントとなって牛肉の甘味を引き立て、我ながら会心の仕上がりになっていた。

チーズオムレツはふわとろで、卵のやさしい味とチーズの濃厚な風味が合わさって、まったく飽きのこない味になっていた。

「やっぱりコウの料理は絶品よね」

アイリスはしみじみとした表情で言う。

「王都でレストランを開いたら、ものすごい人気店になりそうよね」

「私も、そう思います」

リリィは深く頷いた。

……あれ？

まだ食事が始まって五分も経《た》っていないが、リリィはすでにトマト煮もチーズオムレツも食べ終えていた。それどころか、ちょっと物足りなさそうだ。

「リリィ。お代わりはどうだ？」

「ええと……。大丈夫、です」

「さっきも言ったが、子供が遠慮するもんじゃない。育ち盛りなんだから、どんどん食べてくれ」

「……すみません。ありがとうございます」

リリィはちょっと照れくさそうにトマト煮の皿を差し出した。


食後のデザートはバナナヨーグルトで、これも大満足の一品だった。

俺たちは全員で食器を片付け、洗い物を済ませると、ソファのところに戻った。

「あんなにおいしい食事、初めてでした……」

リリィは、はう、とため息をこぼし、しみじみと呟いた。

その表情には昼食の余韻がまだまだ色濃く残っている。

「卵を割ったり、オムレツをひっくり返したり……料理も、楽しかったです」

「そういえば、料理は生まれて初めて、って言ってたよな」

「はい」

リリィは頷くと、自分の身の上について語り始めた。

「私の両親は流行《は や》り病《やまい》で亡くなったそうです。幼い頃のことなので覚えていませんが、【戦神の巫女】を持っていたおかげで戦神教に引き取られて、そのまま聖地で暮らすことになりました」

「聖地での暮らしはどうだったんだ？」

「とても恵まれていたと思います。周囲の皆さんも、すごく親切な方ばかりでした。……だから恩返しも兼ねて、【戦神の巫女】の使命を果たすために必要なことを最優先で学んできました」

「だから料理は後回しになっていた、ってことか」

「すみません……」

「いや、謝ることじゃないさ。リリィは真面目なんだな」

「そうでしょうか……？」

リリィは不思議そうに首を傾《かし》げる。

まあ、こういうのって自分では分からないものだよな。

「ともあれ使命は果たし終えたわけだし、これからは色々なことを経験していけるといいな」

俺がそう言うと、左隣でアイリスが頷いた。

「コウの言うとおりね。リリィちゃんはまだ若いんだし、人生、楽しまなきゃもったいないわ」

「……そうですね」

リリィはしばらく考え込んだあと、小さく頷いた。

「そうかもしれません」

「ぼくとあそぶとたのしいよ！」

スララが無邪気にそう言った直後のことだった。

——ガガガガガガッ！

突如として、馬車が激しく揺れた。

天井に組み込まれたスピーカー型の魔導具からデストの声が響く。

「地震デス！　緊急停車シマス！」

「うわっ!?」

「きゃっ！」

「ひゃっ!?」

「わー！」

急停車の反動で、スララが座席からポーンと跳ね飛ばされる。

俺は反射的に両手を伸ばし、そのまるい身体をキャッチしていた。

地震はそのあと何度か続いたが、幸い、ここは平野のど真ん中だった。

木が倒れてきたり、土砂崩れが起こるようなこともない。

念のために【オートマッピング】で周辺の地図を確認してみたが、海ははるか遠くなので、津波の心配もなさそうだ。

ふう、びっくりしたな。

第十一話　新しい橋を【創造】してみた。

先ほどの地震はかなり激しいものだったが、幸い、馬車が横転するような事態には至らなかった。キッチンの食器も無事だし、被害といえばスララが座席から吹っ飛ばされたくらいだが、俺が両手でキャッチしたので問題はなかった。

「スララ、怪我《けが》はないか？」

俺はそう声をかけながら、スララを斜め向かいのソファに戻す。

「うん！　ぼくは平気だよ！　マスターさん、受け止めてくれてありがとう！」

「お見事でした……」

リリィはパチパチと小さく拍手をした。

「かなり大きな揺れだったけど、橋、大丈夫かしら」

アイリスがぽつりと呟《つぶや》いた。

「この先に橋があるのか？」

「ええ。ザード大橋という名前だけど、大昔に架けられたもので、老朽化が激しいみたい」

「それは心配だな……」

「もし橋に異常が起きていたら、南に大きく迂回《うかい》する必要があるわ。スリエへの到着は二日ほど遅れるでしょうね」

「さすがに遅れるのは避けたいな」

今後の予定としては、スリエに三泊四日し、のんびりと温泉を楽しむことになっている。

到着が二日も遅れてしまった場合、滞在できるのは一泊二日になる。

たったそれだけの期間で、スリエの温泉街を満喫できるとは思えない。

もちろん旅のスケジュールを組み直すという手もあるが、俺としては橋が無事であることを祈るばかりだ。

だが世の中というのは、起こってほしくない事件ほど起こるものらしい。

地震からおよそ三十分後、ザード大橋の近くで馬車が停《と》まった。

天井からデストの声が響く。

「マスター、鉄橋ガ壊レテイマス……」


ひとまずザード大橋の状況を確認するため、俺は馬車を降りることにした。

「コウ、あたしも一緒に行くわ」

「私も連れていってください。護衛なので」

「マスターさん！　ぼくもおともするよ！」

「分かった。全員で行くか」

あえて誰かを仲間外れにすることはないだろう。

俺はアイリス、リリィ、スララを連れて馬車の外に出た。

鉄橋の近くには大勢の人々がたむろしていた。

冒険者、行商人、観光客などなど。

ザード大橋を渡ってスリエに向かうつもりだったのだろう。

南に迂回するのをためらっているらしく、彼らは互いに顔を見合わせていた……が、やがて一人、また一人と俺たちのほうに視線を向けてきた。

「……なんだか注目されてるな」

「まあ、当然よね」

アイリスが苦笑する。

「常識外れなくらい大きな馬車だし、ゴーレムに引かせてるし、人目を集めても仕方ないわ」

「……まあ、魔物に間違えられなかっただけマシか」

周囲の人々については意識の外に追いやることにして、俺はザード大橋のほうを見る。

横幅は十メートルほどで、一般的な馬車ならば二台が十分にすれ違えるほどの幅だ。

鉄橋には錆《さび》が浮かんでおり、いかにも古そうな雰囲気を漂わせている。

もともと老朽化が進んでいたところに、三十分前の地震がトドメになったらしく、あちこちが崩落を起こしていた。とくに中央のあたりは五メートル以上にわたって足場が完全になくなっている。

「これを渡るのは、難しいと思います……」

リリィが難しい表情で呟いた。

川を直接歩いたり泳いだりするのは……無理だろうな。

向こう岸までの距離はかなり遠く、五十メートル以上はある。

川の流れも速いし、そのまま溺れ死ぬのがオチだろう。

俺が考え込んでいると、アイリスが言った。

「フライングポーションを使うのはどう？」

その選択肢は、一応、考えなかったわけじゃない。

《風の加護S＋》があれば、アイリスとリリィをまとめて運ぶことも十分に可能だ。

デストとグランド・キャビンは【アイテムボックス】に入れておけばいい。

ただし、そうやって川を渡った場合、俺の性格的に「他の人たちは今も困っているんだろうな」とか「迂回路を選んだ人たちは無事にスリエに辿《たど》り着けるだろうか」とか、色々と考え込んでしまうだろう。

それは後味が悪すぎる。

「ねえねえマスターさん！　ぼく、いい考えがあるよ！」

ふと、スララが声をあげた。

「鉄橋を【創造】で修理すればいいんだよ！　どうかなあ？」

「……試してみる価値はあるな」

鉄橋は大きすぎて俺の【アイテムボックス】に入らないが、以前のランクアップにより、そういったものであっても、手で触れさえすれば【創造】スキルを行使することが可能となっている。

問題は、レシピが浮かぶかどうかだ。

まずは鉄橋に触ってみよう。

俺は意を決して鉄橋のほうへと向かう。

すると、人々は訝《いぶか》しげな表情を浮かべながら道を開けた。

俺はフェンリルコートの下にアーマード・ベア・アーマーを装着しているわけだが、その付与効果のひとつ……《聴覚強化A》により、人々がひそひそと俺たちについて話すのが聞こえてくる。

「なあ、アイツってオーネンの《竜殺し》だよな」

「デカい馬車にデカいゴーレム、ついでにまるい生物を連れてるし、間違いねえな」

「まさか、あのオンボロ橋を渡るつもりか？」

もちろん違う……と、俺は内心で答えながら鉄橋のところに辿り着く。

左手で鉄橋に触れた直後、脳内にレシピが浮かんだ。


ザード大橋（崩落）×一　＋　デビルトレントの幹×八〇〇　↓　新ザード大橋×一

スララの言うとおり、俺のスキルでザード大橋を新しく架け直すことができるようだ。

そのための素材がデビルトレントの幹というのは予想外だが、まずは実行してみよう。


俺は気合を込めてスキルを発動させる。

「――――【創造】！」

次の瞬間、ザード大橋がまばゆい光に包まれたかと思うと、銀色の粒子となってパァァァァッとあたりに散らばった。

そして虚空から次々に木材が現れ、ガガガガガガガガンッとものすごい勢いで新たな橋が組み上がっていく。そのスキマを埋めるように銀色の粒子が降り注ぎ、木々を繋《つな》ぐ金属部品となった。

新ザード大橋：コウ・コウサカによって【創造】された新たな橋。デビルトレントの幹を素材に使っており、魔物が近づいてきた場合、枝や根を伸ばして自動的に攻撃する。
付与効果：《耐久Ｓ＋》《自動再生Ｓ》《自動迎撃Ａ＋》

なんだか今回も、予想以上のものができあがってしまったらしい。

《耐久S＋》と《自動再生S》は文字どおりの効果であり、両者が合わさることで、橋は老朽化とは無縁のものになっている。

しかも《自動迎撃A＋》があるため、この橋は一種の安全地帯としても機能するようだ。

……この橋、すごく優秀じゃないか？

さすがデビルトレントの力を宿しているだけのことはある。

さて、こうして俺は新たな橋を生み出したわけだが、当然ながら周囲の野次馬は驚いていた。

「《竜殺し》のやつ、橋を架けちまいやがった……」

「いったい、何がどうなってるんだ……？」

誰も彼もが驚愕《きょうがく》の表情を浮かべ、茫然《ぼうぜん》と新たなザード大橋を見つめている。

「……すごい、です」

リリィが感嘆のため息と共に呟いた。

「【転移者】は規格外の力を持つと聞いています。でも、まさか、こんなこともできるなんて……」

「いつもながら、コウのやることは派手よね……」

「マスターさん、まるでかみさまみたいだね！」

「……スキルのおかげだよ。大したことじゃないさ」

俺は照れ隠しにそう呟くと、あらためて橋を眺めた。

その横幅は以前の三倍以上になっており、俺たちの馬車でも十分に通行できそうだ。

俺はアイリス、リリィ、スララを連れて、デストのところに戻った。

「オ見事デシタ、マスター！」

「ありがとう、デスト。それじゃあ出発しようか」

「承知シマシタ！」

デストはガシャン、と敬礼をする。

俺は馬車に乗り込もうとして、ふと、足を止める。

――せっかく新しい橋を作ったのだし、どうせなら御者台から外を眺めるのはどうだろう。

アイリスたちにそう提案すると、全会一致での同意が返ってきた。

というわけで、俺たちはそのまま御者台に乗り込む。

御者台は広めに作られており、俺たち三人とスララが座っても十分に余裕がある。

「デハ、出発シマス！」

デストが声をあげると、馬車がゆっくり動き始める。

橋の周囲には多くの野次馬が集まっていたが、まだ誰も渡ろうとはしていない。

まあ、最初の一人になるのって、勇気がいるよな。

俺たちを乗せた馬車が橋に近づいていくと、野次馬たちはサッと左右に道を開けた。

「まるで王様みたいね」

アイリスがクスッと笑う。

やがてデストと馬車が橋へと差し掛かる。

どちらもかなりの重量であるが、橋はビクともしない。

その光景を見て、野次馬たちが「おおおおおおおおおおおおっ！」と歓声をあげた。

俺たちが先に行ったことで安心したらしく、ゾロゾロとその後ろをついてくる。

王様というか、大名行列だな。

足元の川に眼《め》を向ければ、ピチャン、ピチャン、と魚たちが楽しそうに跳ねている。

「あっ、おさかなさんだ！　こんにちはー！」

スララは右手を伸ばすと、魚たちに向かってぶんぶんと手を振った。

空は青く、日差しはぽかぽかと暖かい。まるで天然の毛布だ。

なんだか、眠くなってきたな。

「ふぁ」

今のは、俺のあくびじゃない。

右横を見れば、リリィが口元に手を当てていた。

「……失礼しました」

リリィは照れたように俯《うつむ》いた。

「私、こんなにのんびり過ごしていて、いいのでしょうか」

「別に構わないさ。【戦神の巫女《みこ》】の使命は終わったんだろう？」

「……はい」

少し間を置いてから、リリィは頷《うなず》いた。

やがて川の向こう……スリエ側の岸が見えてきた。

そこには大勢の旅人や行商人たちが集まっており、新しく架かった橋を渡るかどうか決めかねているようだった。

俺たちを乗せた馬車が橋を渡りきると、鎧姿《よろい》の若い男性が大声をあげながら駆け寄ってきた。

「すみません、自分はスリエの衛兵です！　オーネンの《竜殺し》殿ですよね？　この橋についてお話を聞かせてもらっていいですか？」

俺たちが大きな馬車で王都に向かうことは、スカーレット商会を通じて各都市の衛兵に通達されている。それもあって、この若い衛兵は俺が《竜殺し》だと分かったのだろう。

「デスト、ちょっと話をしてくる。馬車を停めてくれ」

「承知シマシタ！」

馬車はゆるやかに減速し、やがてピタリと停車する。

「あたしも行きましょうか？」

「いや、ひとりで十分だ。アイリスはのんびりしていてくれ」

俺が御者台から降りると、若い衛兵が話しかけてくる。

「お引き止めして申し訳ありません。コウ・コウサカ殿ですね」

「ああ、そのとおりだ」

「ご活躍はつねづね耳にしております。……こちらの橋なのですが、もしやコウ殿が架けてくださったのですか？」

「ちょっと前の橋を補強してみただけだ」

「補強……？」

若い衛兵は両眼をごしごしとこすった。

「原形がまるで残っていない気がするのですが……」

俺もそう思う。

照れ隠しで適当なことを言ってしまったが、どうやら失敗だったらしい。

「ともあれ、新たに橋を架けていただき、ありがとうございます。崩落したままでしたら、多くの人が困っていたことでしょう。心から感謝いたします」

衛兵は深々と頭を下げた。

周囲では、すでに多くの人々が橋の通行を始めていた。

俺が橋を架けたことはすでに人々のあいだに広まっているらしく、俺の近くを通り過ぎるたび「ありがとうございます」「本当に助かりました」と声をかけてくる。

若い衛兵は言った。

「橋について報告書を作らねばなりませんので、一緒にスリエの街まで来ていただけませんか？」

「もちろんだ」

はじめからスリエに向かう予定だったし、何も支障はない。

俺たちは衛兵に先導されながら街に向かうのだった。

第十二話　スリエに到着した。

ほどなくして馬車はスリエの城門へと到着し、ゆっくりと停車した。

空は青色から淡い紅色に変わっており、日も西に傾きつつある。

もう夕方か。

旅を始めてからというもの、なんだか時間の流れが早くなったように感じる。

トラブルに出くわすこともあったが、毎日が楽しくて、とても充実しているからだろう。

俺たちは馬車から降りると、全員揃《そろ》って、うーん、と伸びをした。

「たった一日でスリエに着くなんて、本当にすごいスピードね」

アイリスが感心したように呟《つぶや》く。

その横では、リリィがこくこくと頷《うなず》いていた。

一般的に、トゥーエからスリエまでは四日の距離と言われている。

それを考えると、グランド・キャビンの移動速度はかなりのものだろう。

「こんなに早くスリエまで来れたのも、デストのおかげだな」

俺はそう言いながらデストのところに向かい、鋼鉄の身体に手を触れる。

「今日も助かった。ゆっくり休んでくれ」

「ハハァッ、光栄デス。アリガタキ幸セ……！」

デストは芝居がかった調子でそう答えると、首《こうべ》を垂れるようにして地面に片膝をついた。

その仕草があまりに人間くさいものだから、俺は苦笑せずにいられない。

デストに付与された《高度演算機能A＋》は今日も絶好調のようだ。

なんだか別れが名残惜しくなってきたが、俺は【アイテムボックス】への収納を念じる。

地面に魔法陣が浮かび、デストとグランド・キャビンがその中へと吸い込まれていく。

やがて完全に見えなくなった。

その光景に、俺たちをここまで先導してくれた若い衛兵が「おお……！」と感嘆の声をあげた。

「まるで幻を見ているようです。【アイテムボックス】は本当に何でも入るのですね」

「一応、限度はあるけどな」

収納容量は無限だが、一度に出し入れできる物体の大きさには制限がある。

たとえば街の城壁などは【アイテムボックス】に収納できないようだ。

厳密な上限は分からないが、グランド・キャビンを出し入れできるのだから、二階建ての一軒家くらいは持ち運べるのではないだろうか。……今度、実験してみよう。

俺がそんなことを考えてると、若い衛兵が言った。

「ひとまず詰め所にお越しください。お連れの皆様もご一緒にどうぞ」

衛兵の詰め所は、城門を通ってすぐ左のところにあった。

建物はそれなりに新しく、屋内もきれいに片付いている。

清潔感があって、とても居心地がよさそうだ。

「こちらにお入りください」

俺たちは若い衛兵に案内され、奥の談話室に入った。

ほどなくして女性の事務員がやってきて、香りのいい紅茶を淹《い》れてくれる。

「《竜殺し》のコウ・コウサカさんですよね。スリエへようこそ。ごゆっくりお過ごしくださいね」

「ありがとう」

「いえいえ、それでは失礼いたします」

女性の事務員はペコリと一礼すると、談話室を出ていった。

若い衛兵もそうだが、みんな、すごく感じがいい。

紅茶もおいしい。文句なしだ。

「それではコウ殿、橋について詳しいことをお聞かせください。内容はすべて報告書に記載し、衛兵長および街の責任者、それから領主のメイヤード伯爵に提出いたします」

「領主のところにも話がいくんだな」

なんだか、思っていたよりも大事《おおごと》になってきたな。

「そうですね。ザード大橋は交通の要衝ですし、たった一人で新しい橋を架けてしまうのは前例のないことですから……」

「あれは、本当にびっくりしました」

リリィがしみじみと呟くと、若い衛兵も深く頷いた。

「まったくです。向こう岸からババババッと橋が伸びてきたときは、自分の眼《め》を疑わずにいられませんでした。……それではコウ殿、ご説明、よろしくお願い致します」

「分かった。まずは俺のスキルについての説明なんだが――」

俺は若い衛兵に促され、橋を架けるまでの一部始終について話した。

「……なるほど、新しい橋はデビルトレントの幹を素材に使っているのですね」

「ああ。自動で修復されるからメンテナンスも不要なはずだ」

「それは素晴らしい……！　本当にありがとうございます。橋を架けるというのは一種の公共事業ですし、領主様から褒賞金も支払われると思います。楽しみにしていてください」

「そういえば、領主のメイヤード伯爵って、スリエにいるんだっけな」

俺がそう呟くと、ハッ、と若い衛兵の顔色が変わった。

声を潜め、真剣なトーンで訊《たず》ねてくる。

「……コウ殿、その話は、どちらで？」

「知り合いの貴族から手紙で教えてもらったんだ」

「承知いたしました。ご存じのとおり、メイヤード伯爵はこの街で療養生活を送っております。ですが、そのことは内密にしていただけると幸いです」

細かい事情はよく分からないが、貴族は貴族なりに色々とあるのだろう。

わざわざ文句をつける理由もないし、ここは素直に頷いておく。

「ご協力、感謝します」

若い衛兵は小さく頭を下げた。

「お連れの皆様もよろしくお願いします」

「はーい！」

アイリスとリリィが静かに頷くなか、スラランが元気よく声をあげた。

「ぼくのくちはかたいよ！　安心してね！」

スライムの口って、プルプルでやわらかいイメージがあるんだけどな。

冗談はさておき、スララは子供っぽい言動ではあるが、約束を破るような性格ではない。

その点は信頼してもいいだろう。

「話はこんなところかな」

俺がそう言うと、衛兵は頷いた。

「はい。お疲れのところ、時間を取らせてしまって申し訳ございませんでした。――改めまして、ようこそ、スリエへ。滞在はどのくらいを予定されているのですか？」

「三泊四日だな」

「それでしたら温泉巡りには十分ですね。明日からは街の生誕三百年を祝うお祭りもありますし、ぜひ楽しんでいってください」


話が終わったあと、俺たちは詰め所の外に出た。

いつのまにか太陽は沈み、空は昏《くら》い藍色に染まっている。

スリエの街並みを眺めてみれば、温泉街だけあって観光客の姿が多い。

「賑《にぎ》やかだな」

「マスターさん、白い煙がもくもくしてるよ！」

スララの言うとおり、街のあちこちで白い蒸気がいくつも立ち上っていた。

おそらくは温泉の湯気だろう。

温泉めぐりは明日じっくりと楽しむとして、まずは夕食にしよう。

「この街の名物って、何があるんだろうな」

「スリエは、『ホテップ』という名前のスープ料理が有名なはず、です」

「あたしも聞いたことがあるわ。店ごとに秘伝のスープがあって、味が全然違うらしいわ」

「ぼく、色々たべてみたいよ！」

「とりあえず街をふらついてみるか」

俺はアイリス、リリィ、スララを連れて歩き始める。

明日から祭りが始まるそうだが、実際、街のあちこちでは準備と飾り付けが行われていた。

中央広場を覗《のぞ》いてみると、奥のほうには屋根付きの立派なステージが組まれている。

すぐ近くの掲示板には明日のプログラムが貼られており、それによれば、街の外から音楽隊を呼んでの演奏会や、マジックショーなどが行われるようだ。

「明日は、かなり大きな祭りになりそうね」

「街の生誕三百年を祝う、って話だったが、ずいぶんと歴史が長いんだな」

「もともと、ここには古代文明の都市があったらしいわ。三百年前の人たちが、古代の街跡を利用して作ったのがスリエみたいね」

アイリスはそう言うと、広場の噴水へと眼を向けた。

噴水の中央には小さな祠《ほこら》のようなものがある。

石造りで、かなり古びた雰囲気だ。

もしかすると古代文明の遺産かもしれない。

「ぼく、知ってるよ！」

スララが声をあげる。

「四千年前、ここはササンって名前の街があったんだよ！　地下では温泉を作る施設があったんだけど、たぶん、今も動いていると思うよ！」

なるほどな。

スリエが温泉街として有名なのは、古代文明のおかげ、ってことか。

「スララは物知りだな」

「ふふん！　ぼくはかしこいスライムだよ！　大切にしてね！」

「もちろん」

ともあれ、スリエが古代文明ゆかりの地だったというのは驚きだ。

もしかしたら地下の施設にはおせわスライムが住んでいるのかもしれないな。


俺たちは広場を離れたあと、『白鍋亭《しろなべてい》』という店に入って名物のスープ料理……『ホテップ』を注文した。量としては、ひとまず四人前でいいだろう。

どんな料理が運ばれてくるのかワクワクしながら待っていると、やがて、テーブルのどまんなかに、ドン、と大きな鍋が置かれた。

鍋の中には牛肉や鶏肉、ニンジンやタマネギなどがギュウギュウに詰め込まれており、琥珀色《こはくいろ》のおいそうなスープによってグツグツと煮込まれていた。

スープ料理という言葉からは軽い食事をイメージしていたが、なかなかのボリュームだ。

雰囲気としては、フランス料理のポトフに近い。

食べてみると、肉や野菜を噛《か》むたび口の中にスープの旨《うま》みが溢《あふ》れてくる。

「濃厚だな……」

「スープだけでもおいしいわね」

「あったかいです……」

「もぐもぐ！　もぐもぐ！」

どうやらスララはホテップがお気に召したらしく、一心不乱に食べまくっていた。

結局、四人前では足らず、さらに二人前を注文した。

「かなり食べたな……」

「ここのスープは鶏肉を多めにしてるみたいね」

「明日は別の店も行ってみるか」

「お祭りにはホテップの屋台も多いみたいだし、ちょっとずつ食べ比べるのもよさそうね」

それは面白そうだな。

俺たちは大満足で店を出ると、今夜の宿へと向かった。

名前は『五星亭《ごせいてい》』といい、観光ガイドブックでは「スリエでもトップクラスの温泉宿」として大きく紹介されている。

建物は本館と別館に分かれ、別館に泊まれるのは一部のＶＩＰだけのようだ。

フロントに足を踏み入れたところで、アイリスが言った。

「ねえコウ、リリィちゃんの部屋はどうするの？」

リリィはトゥーエを出たあとで旅の仲間に加わった。

そのため、当然ながらスカーレット商会が手配してくれた宿の予約には含まれていない。

「コウさん、私のことは気にしないでください」

リリィは遠慮がちにそう呟いた。

「聖地を出てから今日まで、ずっと一人で旅をしてきました。宿なら、ちゃんと自分で探せます」

「でも、仲間外れはさみしいよ」

スララがポツリと声をあげる。

「マスターさん、なんとかならないかなあ？」

「一人くらいなら追加で泊まれるかもしれない。とりあえず、宿に確認してみよう」

俺はそう言って、受付の男性のところに向かった。

クロムさんからの紹介状を提示したあと、同行者が一人増えたことを説明し、リリィも一緒に泊まれないか訊ねる。

「――承知いたしました。支配人と相談してまいりますので、少々お待ちください」

受付の男性は一礼すると、フロントの奥へと姿を消した。


結論から言うと、リリィも俺たちと一緒に泊まることになった。

「リリィおねえちゃん、よかったね！　わーいわーい！」

スララは喜びの声をあげながら、その場でピョンピョンと跳ね回っている。

なお、リリィの宿泊費については俺が出すことにした。

そこそこの値段ではあるが、俺にはオーネンで稼いだ金やデビルトレントの討伐報酬がある。貯《た》め込んでいたって何にもならないし、使うべきときに使ったほうがいいだろう。

「コウさん、ありがとうございます。ご迷惑をおかけしてすみません……」

「気にしなくていい。将来、俺がピンチになったら助けてくれ」

「……分かりました」

リリィはコクリと真剣な表情で頷いた。

「もしコウさんに危機が迫ったら、全身全霊で、力になります」

「あまり無理はするなよ。できる範囲で構わないからな」

「でも、コウが追いつめられるような状況って、あんまりイメージが湧かないわね」

アイリスが冗談めかしてそう言った。

いやいや、俺だって割と苦戦しているぞ。

黒竜の討伐はかなりギリギリだったしな。

俺がそんなことを考えていると、案内係の男性がやってきた。

「コウ・コウサカ様、そしてお連れの皆様、お待たせいたしました。それでは、お部屋までご案内いたします」

俺たちの部屋は別館の五階、つまりは最上階に用意されていた。

トゥーエのときと同じく予約は二部屋となっていたので、片方を俺とスララが、もう片方をアイリスとリリィが使うことになった。

「一階には、別館の宿泊者様限定の露天風呂がございます。本日、別館に宿泊されているのは皆様だけですので、ごゆっくりおくつろぎください。それでは失礼いたします」

案内係の男性はスッと一礼すると、廊下の端にある階段を下り、その場を去っていった。

「さて、宿に着いたことだし、まずは温泉かしら」

アイリスの言葉に俺は頷く。

「ああ、一階の露天風呂に行ってみよう。今日は俺たちの貸し切りみたいなものだしな」

「そうね。行かないともったいないわよね。リリィちゃんもそれでいい？」

「はい、大丈夫です。……温泉、楽しみです」

「マスターさん！　まずはおふろのじゅんびだね！」

「ああ、そうだな」

というわけで、俺たちはそれぞれの部屋に入り、風呂の支度を済ませることにした。

別館は一部のＶＩＰだけが泊まれるそうだが、部屋の中もそれにふさわしい雰囲気になっていた。

寝室以外にリビングや応接室などがあるのは当然として、ひとつひとつの調度品も高級感が漂っており、まるで貴族の邸宅のようだ。

「豪華だな」

「なんだか、えらいひとになった気分だよ！　ふふーん！」

俺の荷物はすべて【アイテムボックス】に入っているため、風呂の準備はすぐに終わった。

部屋に置いてあるタオルとバスタオルを手に取り、部屋を出る。

「おっふろ♪　おっふろ♪」

スラランはよほど露天風呂が楽しみらしく、頭にタオルを乗せたまま、ピョコピョコと廊下を跳ね回っている。

アイリスとリリィが部屋から出てきたのは、それから五分後のことだった。

「コウ、お待たせ」

「すみません、時間がかかってしまって……」

「大したことじゃないさ。それじゃあ行こうか」

「れっつごー！」

俺たちは階段を下りて一階に向かった。

階段を出てすぐのところには広めの休憩室があり、安楽椅子がいくつも並んでいる。

一部の壁はガラス張りで、ライトアップされた庭園を眺めることができた。

露天風呂の入口は奥のほうにあって、男女別に分かれている。

「それじゃあコウ、また後でね」

「風呂から上がったあとはどうする？　個々人で部屋に戻るか？」

「明日の予定についても詰めたいし、そこの休憩室で集合にしない？」

「分かった。アイリス、のぼせるなよ」

「ふふっ、大丈夫よ」

アイリスはそう言うと、鼻歌を歌いながらリリィを連れて女湯へと向かった。

「俺たちも行くか」

「はーい！」

俺とスララは並んで男湯の入口をくぐる。

そこは更衣室となっており、大きめのロッカーがずらりと並んでいる。

いずれも指紋認証型の魔導具となっていたが、俺には【アイテムボックス】があるわけで、そちらに衣服を収納した。スララも丸帽子を脱ぎ、大事そうに口の中にしまっている。

裸になって更衣室を出ると、そこは仕切り付きのシャワールームとなっていた。

ここで身体を洗ってから露天風呂に入る形式のようだ。

日本の温泉とは少し異なるシステムだが、それが新鮮で面白い。

「マスターさん、あたまをあらってあげるね！　ごしごし！　かゆいところはないかな？」

「ああ、大丈夫だ。身体は自分で洗うから、スララもシャワーを浴びてくれ」

「はーい！　ぼくもからだをぴかぴかにするよ！　しゃわー！」

そうして俺たちは身体を洗い終えると、そのまま屋外に出た。

そこは本格的な岩造りの露天風呂となっており、星空と月をのんびり眺めることができる。

「ふう……」

ほわほわとした湯気に包まれながら、湯船に身を浸す。

やっぱり温泉は日本人の魂だよな。

身体の芯からあったまる。

癒《いや》しだ。

いま、俺はものすごく癒されている……。

「マスターさん。ぼく、とけちゃいそう。ぶくぶくぶく……」

「スララ!?」

気がつくと、スララはリラックスのしすぎで湯船に沈みかかっていた。

俺は慌てて下からスララを持ち上げる。

「うわっぷ。マスターさん、ありがとう！」

「気をつけろよ」

俺はぽんぽん、とスララの頭を撫《な》でると、まるい身体を抱えたまま空を見上げた。

白い三日月が、冴《さ》え冴《ざ》えとした輝きを放っている。

その色彩はリリィの銀髪によく似ている。

リリィ・ルナ・ルーナリア。

【戦神の巫女《みこ》】と【予知夢】のスキルを持つ、戦神教の神官だ。

巫女の使命として「【転移者】にユグドラシルの弓を渡すこと」と「魔剣グラムを探すこと」の二つを背負っていたが、両方が果たされたことで、そのまま俺たちの旅に加わった。

年齢は十五歳と若いが、デビルトレントを一人で抑え込んでいたことを考えると、神官としての実力はかなり高いのだろう。

性格としては真面目かつ律儀《りちぎ》で、人間として好感が持てる。

そんなことを考えているうちに身体が温まってきたので、俺はスララを連れて露天風呂を出た。

身体を拭き、服を着たあと、俺たちは休憩室に向かった。

アイリスとリリィはまだ来ていない。

きっと温泉を堪能しているのだろう。

窓際の安楽椅子に腰掛けながら温泉の余韻に浸っていると、右隣から寝息が聞こえてきた。

「くー、すー」

視線を向ければ、頭にタオルを乗せたまま、スラランがぐっすりと眠っている。

俺が小さく苦笑していると、そこにリリィがやってくる。

「いいお風呂でした……」

その表情は心の底から満足そうなものだった。

どうやら温泉をしっかり堪能してきたらしい。

「アイリスはどうした？」

「もうしばらく温泉でゆっくりするみたいです」

「じゃあ、気長に待つか」

急ぎの用事を抱えているわけでもないし、しばらくここで涼むとしよう。

リリィは俺の左横にある安楽椅子に腰掛けると、やがて、ポツリとこう言った。

「私、実は温泉に入るのって、人生で初めてだったんです」

「そうなのか？」

「温泉だけじゃなくて、料理をしたり、こんな豪華な宿に泊まったり――今日は何もかも初めてのことばかりで、本当に楽しかったです。……こんなに幸せで、いいのでしょうか」

「問題ないさ。リリィは【戦神の巫女】としての使命を終えたわけだし、そのご褒美と思えばいい。これからやってみたいこととか、目標とか夢とかはないのか？　……夢といっても、【予知夢】のことじゃないぞ」

「大丈夫です、分かります」

リリィはくすっと小さく笑った。

「でも、将来のことは、ちょっと思いつかないです」

「使命を果たすことだけで頭がいっぱいだった、って感じか」

「……はい。すみません」

「別に、謝ることじゃないさ」

俺は小さく背伸びをしてからそう言った。

「時間はたっぷりあるんだ。その間にリリィのやりたいことを探していけばいい。手伝えることは手伝うし、遠慮なく言ってくれ」

「ありがとう、ございます。……コウさんは、優しいですね」

「過大評価だよ。ただの世話焼きさ」

俺が照れ隠しにそう言った直後、休憩室にアイリスがやってきた。

「あら、皆もう揃ってるのね。あたしが最後かしら」

「温泉は満喫できたか？」

「ええ、ばっちりよ。お肌もツヤツヤだし、二十歳は若返った気がするわ」

アイリスの年齢を考えると、それでは生まれる前に戻ってはいないだろうか。

「それよりも明日の予定を決めましょう。せっかくお祭りがあるし、そっちを中心に回らない？」

「湯巡りは明後日に回すか？」

「ええ。温泉は逃げないけど、お祭りは今しかやってないもの」

「……私も、お祭り、行ってみたいです」

リリィが小声で、しかし、はっきりとした意思を漂わせて呟いた。

だったら、答えは決まったようなものだ。

「明日はスリエの祭りを楽しもう。俺の部屋に朝十時の集合でいいか？」

「あたしは大丈夫よ」

「私も、起きれると思います」

「むにゃ……。おまつり、スープ、ごくごく……」


そのあと俺たちはそれぞれの部屋に戻って寝ることになった。

スララは眠ったままだったので、俺が両手に抱えてベッドまで運んだ。

「すぴー……。くぅ……」

無邪気な寝顔に苦笑しつつ、俺はベッドに寝転がる。

温泉で身体が温まっていたおかげか、すぐに眠気が訪れた。

明日も明日できっと面白いことがあるだろう。

楽しみだな。


――それでは、おやすみなさい。

第十三話　お祭りを楽しんでみた。

翌日、俺たちは午前十時すぎに宿を出た。

すでに祭りは始まっているらしく、街はとてもにぎやかだ。

遠くからはパァン、パパァン、と花火のような音が聞こえてくる。

大通りには人が溢《あふ》れ、左右に眼《め》を向ければ両側にずらりとホテップの屋台が並んでいた。

おいしそうなスープの香りが白い湯気に乗ってふんわりと漂ってくる。

「ホテップ♪　ホテップ♪　ホホテップ～♪」

スララはいつものように白い丸帽子を頭にちょこんと乗せ、スキップをするような動きでピョコピョコと跳ね回っている。鼻歌まで歌って、とても機嫌がよさそうだ。

道行く人々はスララを踏まないように気遣って周囲を空けてくれているが、このままだと通行の邪魔になるかもしれない……と思っていたら、アイリスが両手でスララを抱き上げた。

「スララちゃん、危ないからあたしが運んであげるわね」

「わーい！　アイリスおねえさん、ありがとう！」

「どういたしまして。……あら、意外と軽いのね」

「ふふん！　ぼく、からだの重さを変えられるんだよ！」

「……重くなったわね」

「まものがきたら、押し潰《つぶ》すよ！」

それは頼もしいな。

というか、身体のサイズだけじゃなく重さまで調節できるというのは、いったいどんなテクノロジーが使われているのだろう。古代文明って本当に謎だらけだな。

俺はそんなことを考えつつ、何気なくリリィのほうに視線を向けた。

リリィは宿を出てからというもの、一言も喋《しゃべ》らないまま、考え込むような表情を浮かべている。

心ここにあらず、といった雰囲気だが、いったいどうしたのだろう？

「リリィ、大丈夫か？」

「えっ、あっ……はい」

リリィは我に返ると、俺のほうを見上げて頷《うなず》いた。

「すみません、ぼんやりしていました」

「別に構わないさ。何か悩み事でもあるのか？」

「ええと、その……」

リリィは説明に困っているらしく、口をもごもごとさせている。

「実は昨日も【予知夢】が発動したんです。ただ、内容がすごく断片的で……」

「どんな夢だったんだ？」

「まず、人のたくさんいる場所で、コウさんがトランペットを受け取っていました」

「俺が？　なんだか不思議な状況だな」

「私も、そう思います」

リリィは戸惑いの表情を浮かべて呟《つぶや》いた。

「それから場面が切り替わって、噴水の近くでコウさんが緑色に輝く枝を【アイテムボックス】から取り出していました」

緑色に輝く枝というのは、おそらくユグドラシルの枝だろう。

以前にデビルトレントの枝から【素材錬成】したもので、将来的には【創造】の素材になるはずだが、今のところ新しいレシピは浮かんでいない。

未来の俺はユグドラシルの枝をいったい何に使うつもりなのか。

謎だ。あまりにも謎すぎる。

「最後にまた場面が切り替わって、私たちは全員で馬車に乗っていました。スリエを出て、北西に向かっているようでした」

「北西？　フォートポートは北東だし、ちょっと方角が違うよな」

【オートマッピング】を確認してみると、街の北西には大きな山と森が広がっている。

「こんなところに何の用事なんだ……？」

「私も、分かりません。……【予知夢】がこんなに曖昧なのは生まれて初めてです」

「普段はもっとはっきりしたイメージなのか？」

「はい。今までは、もっと鮮明でした」

「ぼく、知ってるよ！」

俺とリリィの話を横で聞いていたらしく、スララが声をあげた。

「古代の学者さんが言ってたけど、予知系のスキルには限界があるんだって！　マスターさんみたいに大きな力を持つ人の未来は変わりやすいんだよ。だから、そういう人が関わる出来事の場合、はっきり見通すことができなくって、ふわふわの結果になっちゃうんだ！」

「確かにコウは規格外だものね」

アイリスが、うんうん、と頷いた。

「ちょっと目を離したら魔法が使えるようになっていたり、空を飛べるようになっていたり、次に何をするか予測がつかないもの」

「俺のことはともかく、リリィの【予知夢】が外れたことはないらしいし、夢に出てきた内容については完全に確定された未来なのかもしれないな」

「……そうですね」

リリィはしばらく考え込んだあと、コクリ、と深く頷いた。

「私も、コウさんの言うとおりだと思います」

「じゃあ、このあとコウはトランペットを誰かから受け取るってことね」

「マスターさん、よかったね！」

それは喜ぶべきことなのだろうか。

俺は今日までトランペットなんて吹いたことはない。

まあ、【器用の極意】があるので、それなり以上の演奏はできるはずだが。


【予知夢】についての話が終わると、リリィの表情も少し和らいだ。

意味が読み取れない【予知夢】の内容が気がかりだったようだが、俺たちに相談することで気が楽になったのかもしれない。

そのあと、俺たちはあちこちの屋台でホテップを食べ比べながら、祭りの中心部である広場を目指すことにした。

通りを歩けば、左右から呼び込みの声が聞こえてくる。

「そこの兄ちゃん！　うちのスープは絶品だぜ！　なんてったって、トゥーエ牛のテールを使ってるからな！」

「フルーツを煮込んだ特製デザートホテップはどうだい？」

「赤ワインをたっぷり使ったスープだよー。朝からガツンとベロンベロンだよー」

お祭りということもあってか、変わり種のメニューも多い。

せっかくの機会なので、片っ端から注文してみる。

「牛のスープ、いい味ね。王道って感じがするわ」

「フルーツのホテップ、甘くておいしいです」

「ぴぴぴぴっ！　ぼく、いいきぶんだよ！　ぴーっぴっぴっぴ！　ぴーっぴっぴっぴ！」

スララは赤ワインのスープで酔っ払ったらしく、両眼をぐるぐると回していた。

「うう、きもちわるいよ……」

そして十分もせずに二日酔い（？）を起こしていた。

代謝が早いな。

「スララちゃん、だいじょうぶ？」

「うう。ぼく、おさけスライム……」

かなり辛《つら》そうな様子なので、俺は【アイテムボックス】から解毒ポーションを取り出す。

付与効果の《解毒効果増強S＋》はアルコールにも効くので、きっと楽になるはずだ。

「スララ、解毒ポーションだ。飲むか？」

「マスターさん、ありがとう……。ごくごく――ぷはぁ！　わーい！　元気になったよ！」

回復まで一瞬だった。

ポーションの効果もさることながら、おせわスライムの体質もあるのかもな。

そうしているうちに俺たちは中央広場に辿《たど》り着いた。

掲示板のプログラムによると、これから『古代式クジ引きゲーム』とやらが始まるらしい。

景品の目録も書かれていたのでザッと読んでみる。

一等は王都への旅行券で、フォートポートから出る豪華客船に乗れるらしい。

二等は……トランペット？

楽器が景品なんて、なんだかちょっと変わってるな。

トランペットが吹ける人なんてそんなに多くないはずだし、貰《もら》ったところで使い道がないというか、置き場に困ることも多そうだ。

景品の説明を読んでみると、どうやらスリエには世界的に有名な楽器製作者が住んでおり、街の三百周年を祝っての特製モデルを景品として提供してくれたらしい。

なるほどな。

きっとクジ引きゲームの運営側としては、地元の超有名人が手掛けた逸品なのでぞんざいに扱うこともできず、かといって使い手が限られるものなので目玉の景品にもできず、無難な落としどころとしてトランペットを二等に据えたのだろう。

「これ、二等のトランペットが当たりそうね」

アイリスの言葉に、俺は頷いた。

「【予知夢】の検証も兼ねて、参加してみるか」

「面白そうです……！」

「ぼく、おかしがほしいよ！」

クジ引きゲームの参加費は無料で、受付は広場の奥、特設ステージの横にあるらしい。

すぐに向かってみると『古代式クジ引きゲーム　参加受付』と書かれた看板の横に、昨日の若い衛兵が立っていた。

「コウ殿、おはようございます。クジに参加されますか？」

「ああ、頼む。……こんなところでどうしたんだ？」

「祭りには衛兵隊も運営側で参加しているんです。このあとゲームの司会もやりますので、よろしくお願いします」

若い衛兵はそう言って一礼すると、やや厚手のカードを手渡してくる。

カードには縦五列、横五列で合計二十五個のマスが描かれており、それぞれのマスに数字が印刷されている。数字の周囲には半円形の切れ込みが入っており、指で強く押すと、奥に折り曲げることが可能になっている。

……まるでビンゴゲームだな。

俺がそう思っていると、スララが「これ、見たことがあるよ！」と声をあげた。

「古代文明で『ナンバー』って呼ばれていたゲームだよ！　司会者さんが数字を発表していって、

たて、よこ、ななめのどれかが五つ揃《そろ》ったら上がりで、プレゼントが貰えるよ！」

「よくご存じですね。そのとおりです」

衛兵が感心したように頷いた。

どうやら『古代式クジ引きゲーム』とやらは、俺の知るビンゴゲームと同じものらしい。

真ん中の数字は「0」となっており、ここは最初から穴を開けておくようだ。

「こんなゲームが、あるんですね……」

リリィは眼をキラキラと輝かせながらクジのカードを眺めている。

今までは使命を果たすことだけを考えて生きてきたみたいだし、そのぶん、色々なことが新鮮なのだろう。

その純真な姿に、俺はふっと小さく笑みをこぼした。

『古代式クジ引きゲーム』にはスララも参加できるらしく、俺たちは合計で四枚のカードを受け取った。

「まもなくゲームが始まります。ステージ前でお待ちください」

「ありがとう。司会、頑張ってくれ」

俺は若い衛兵にそう告げると、アイリス、リリィ、スララを連れて特設ステージのほうへ向かう。

そこには多くの人々が集まっており、手にはクジ引きのカードを握っていた。

端のベンチが空いていたので、俺たちはそこに並んで座る。

「ワクワクしてきたわね……」

「胸が、ドキドキします」

アイリスとリリィは、緊張半分、期待半分といった表情でステージのほうを見ている。

ステージの左側には黒板と抽選用のガラガラが置かれ、右側には白いクロスのかかったテーブルがあり、その上に景品がずらりと並べられている。

一等の旅行券については目録の封筒と、イメージ画像というわけではないだろうが、王都の風景を描いたと思われる絵画が置かれている。夕陽に照らされた城と街並みがとても美しい。

その隣には二等のトランペットが置かれており、こちらは透明なケースの中に保管されていた。

やがてステージ上にピエロ姿の男性が現れた。

「みんな、お祭りは楽しんでるか!?　午前のメインイベント、古代式クジ引きゲームの始まりだー！」

男性はひょうきんな声と動きで、観客たちの笑いを誘っている。

それから一瞬だけ俺のほうをチラリと見て、小さく手を振った。

「あの人って、さっきの衛兵よね」

「たぶん、な」

やがて司会のピエロは歌と踊りを交えながら、抽選のガラガラを回し始めた。

「さあさあ、どんどん回していくぞー！　最初は……29番だ！」

これは余談だが、俺はいま二十九歳だ。

クジ引きのカードの左から二番目、上から二番目のところにも29と書かれている。

「幸先がいいな」

俺は小声で呟きながら、29と書かれたマスを指で押し込もうとした。

だが次の瞬間、カードが震えたかと思うと、自動的に29のマスに穴が開いた。

いったいどういうことだろう。

周囲を見回すと、他の参加者たちも戸惑いの表情を浮かべている。

司会者のピエロが声をあげた。

「はははははっ！　驚いたかな？　オレは【手品】スキル持ちでね、みんなのカードにタネを仕込ませてもらった。ゲームの途中で数字が入れ替わったり、書き換わったりするから、最後まで諦めずに楽しんでくれ！」

それは面白そうだな。

ビンゴゲームの後半というのは、リーチだらけでドキドキを楽しむ組と、白けて諦めムードを漂わせる組に分かれがちだ。それを回避しつつ、最後まで会場を盛り上げるためにスキルを活用したのだろう。

……なんというか、衛兵にしておくにはもったいないサービス精神だな。

そのあともポンポンと数字が当たっていき、やがて上から二番目の横列にリーチがかかった。

左から7、29、47、61が当たっており、残りは88だけとなっている。

「さあ、そろそろ数字も揃ってきたかなー？」

司会のピエロはステージから身を乗り出し、キョロキョロと客席を見回した。

「あとひとつの人は『リーチ』と言っておくれよー」

どうやらリーチのルールも存在するらしい。

「コウさん、あとひとつ、ですね」

リリィが俺のカードを見てそう呟いた。

「やっぱり、二等のトランペットが当たるのでしょうか」

「さあ、どうだろうな」

俺はそう答えると右手をスッと挙げ、ベンチから立ち上がる。

「リーチだ」

「はーい！　ウチもウチも！」

おっと、どうやら他にもリーチがいたらしい。

会場を見回してみれば、少し離れたところで長い金髪の年若い女性が立ち上がった。

肌は小麦色に焼けており、活発そうな雰囲気だ。

女性はこちらを向くと、一瞬だけ目を丸くして、それからブンブンと手を振ってきた。

「あっ、コウっちじゃん。おひさー」

俺はこの女性のことを知っていた。

名前はキャル、オーネンの街を中心に活動しているDランクの冒険者だ。

以前、料理店の厨房《ちゅうぼう》手伝いなどの街クエストをこなした際などに、何度か顔を合わせている。

軽い雰囲気だが誠実な仕事ぶりで、周囲の評判はよかったはずだ。

「キャルもスリエに来てたんだな」

「ウチ、実家がこっちなんだよね。コウっちは観光？」

「まあ、そんなところだ」

「おおっと、どうやら二人は知り合いのようだ！　因縁の対決だー！」

司会のピエロが声を張り上げると、会場もそれに釣られて「おおおおおおおおおおっ！」と大きく盛り上がる。

次に出た数字は6、その次が18、26。

「ぼく、リーチのリーチがいっぱいあるよ！」

スララが嬉《うれ》しそうにカードを見せてくる。

あちこちバラバラに穴が開いており、あと一つでも当たればリーチになるだろう。

こういうときって、なかなか当たらないんだよな。

俺がそんなことを考えていると、視界のピエロが次の数字を宣言した。

「今度は……87だー！」

残念、88なら当たりだったんだけどな。

……と思っていたら、カードに変化が起こった。

数字の88がぐにゃりと歪《ゆが》み、87に変わったのだ。

ここに穴を開けると、左から7、29、47、61、87でビンゴとなる。

おかしいな。

リリィの【予知夢】から逆算して考えると、俺は二等になるはずだ。

これだと一等じゃないか。

疑問に思いながら、手を挙げる。

「揃ったぞ」

「ウチも揃ったよ！」

これはまさかの展開だ。

二人揃ってビンゴなんて、さすがに予想していなかった。

司会のピエロが驚きの表情を浮かべて叫ぶ。

「これはすごい！　同時、同時だー！　皆さん、拍手！　お二人はステージにどうぞ！」

パチパチパチパチパチパチ！

会場全体から拍手の音が鳴り響くなか、俺とキャルはステージに上がる。

「さてさて、一等はひとつ、二等もひとつ。ここはお二人さんに、どっちにするか決めてもらいましょう」

「ええっと、ウチは……」

キャルはチラリと一等のほうに視線を向けた。

ただ、こちらに遠慮しているのか、口に出せないでいるようだ。

俺は一歩前に出ると、ピエロの司会者に告げた。

「二等のトランペットをくれ」

「えっ、コウっち、いいの？」

キャルが驚きの声をあげる。

「俺はもともと王都に行く予定だったからな。船も確保してあるし、一等はそっちが貰ってくれ」

「うわー、うわー、え、ちょ、マジで？　ホント嬉しいんだけど。えええええっ」

キャルは喜び半分、戸惑い半分といった表情を浮かべ、両手で自分の顔を覆った。

なんだか素直な反応が可愛《かわい》らしい。

「それじゃあ一等はこちらのお嬢さんにプレゼントだ！」

司会のピエロはそう言って、景品の置かれたテーブルから一等と書かれた目録の封筒と、王都の風景が描かれた絵画を持ってくる。

「コウっち、ありがとう。ホントありがと！　めっちゃ感謝してるから！」

キャルは封筒と絵画を受け取ると、観客たちによく見えるように高く掲げた。

同時に、会場がドッと沸いた。

たくさんの拍手と、それに交じって口笛の音が鳴り響く。

すごい盛り上がりだな。

「次は二等のお兄さんだ！　ちょっと両手を前に出してもらっていいかい？」

「こうか？」

「いいね！　それじゃあいくぞ、3、2、1――ハアッ！」

俺の眼の前でポンと白い煙が弾《はじ》け、紙吹雪が舞った。

そして気がつくとトランペットが俺の両手に収まっていた。

もともとトランペットが入っていたケースは、景品の置かれたテーブルに残っている。

タネも仕掛けも分からないが、【手品】スキルを使った瞬間移動マジックというわけだろう。

なかなか面白い。

俺は興味深く頷きながら、トランペットを高く掲げる。

会場の人々は大きく沸き立ち、あちこちで拍手が飛び交った。

こうして俺は二等のトランペットを手に入れ、アイリスたちのところに戻った。

その後もゲームは続き、スララは当初の希望どおり、お菓子の詰め合わせを当てていた。

「わーい！　おやつ！」

「よかったわね、スララちゃん」

「うん！　みんなにも分けてあげるね！」

そして、スララが受け取ったお菓子の詰め合わせが最後の景品だったらしく、『古代式クジ引きゲーム』は終了となった。

「おおっと、これで景品はおしまいだ！　けれど祭りはまだまだ続く、ぜひ楽しんでくれ！」

司会のピエロはそう言ってゲームを締めくくると、颯爽《さっそう》とした足取りでステージ裏に去って――去ろうとして転びそうになり、観客に笑いを提供していた。

「うーん、残念」

アイリスは穴だらけのカードを眺めながら呟いた。

いくつかの列はリーチがかかっていたが、結局、ひとつもビンゴしなかったらしい。

「もうちょっと景品があれば、たぶん、当たってたと思うのよね」

「私も、あと少しでした」

リリィはクジのカードを両手でそっと握り、残念そうな視線を向けている。

「また、やってみたいです」

「次は景品が貰えるといいな」

「はい……！」

リリィはコクリと強く頷いた。

さて、クジ引きも終わったことだし、そろそろ昼時だ。

屋台の食べ歩きを再開しよう……と思いつつ、ステージ前のベンチから立ち上がったところで、こちらにキャルが近づいてきた。

「コウっち、さっきはホントにありがとね！」

「別に大したことじゃない。というか、こんなところで会うなんて奇遇だな」

「うんうん、ウチもマジでビックリしたんだから。って、コウっちだけじゃなくてアイりんもいるじゃん。おひさー」

「久しぶりね。キャル」

どうやらアイリスと女性冒険者……キャルは面識があるらしい。

まあ、どっちもオーネンの街で活動していたんだから、当然と言えば当然だろう。

「そっちの子は戦神教の神官さんだよね？　わー、銀髪めっちゃキレイ！　すっごい羨《うらや》ましいんですけど！　ウチはキャル、よろしくね」

「よろしく、お願いします」

「ぼくはスララだよ！　なかよくしてね！」

「わわわっ、おせわスライムじゃん！　するする、なかよくする、めっちゃする！」

キャルはしばらくスララと両手を繋《つな》いでキャッキャと楽しそうにしていたが、やがて俺のほうを向き直ると、ちょっと真剣な感じでこんなことを訊《たず》ねてきた。

「ねえコウっち、ウチ、めっちゃ迷惑かけてない？　一等を譲ってもらえたのは嬉しかったけど、いらないものを押し付けちゃったみたいで、なんか申し訳ないっていうか……」

「いや、それは大丈夫だ」

俺は即答した。

「さっきも言ったとおり、王都までの船はもう確保してあるんだ。それに、トランペットだって吹けないわけじゃないからな」

「コウッち、楽器できるの？　マジで⁉」

「たぶんな」

俺はそう答えると、【アイテムボックス】からトランペットを取り出した。

【器用の極意】が発動し、この瞬間、俺はこの楽器の演奏方法を完全に理解する。

いつものことながら不思議な感覚だ。

さて、せっかく吹き方も分かったことだし、ちょっと試してみよう。

何の曲にしようか。

そう思った矢先に【フルアシスト】が自動的に起動し、演奏する曲を提案してくれた。

題名は『ササンのまどろみ』といい、どうやら四千年前に作られた曲のようだ。

スリエはもともとササンという古代文明の都市だったみたいだし、ある意味、この街にピッタリの曲と言える。

俺が小さく頷くと、脳内に楽譜がインストールされる。

さあ、始めよう。

トランペットに息を吹き込むと、甘くしっとりとしたメロディが流れ始める。

「ぼく、知ってるよ」

スララがポソリと呟いた。

演奏中なので、大声を出さないように配慮してくれているのだろう。

「この曲は『ササンのまどろみ』だよ。古代の音楽家さんが言ってたけど、とってもむずかしい曲なんだって」

「……きれいな音ね」

「すごく、上手です」

「コウっち、マジで万能すぎない……？」

やがてひとり、ふたり、と通行人たちが足を止め、こちらにやってくる。

気がつくと周囲には人だかりができており、俺が演奏を終えると、拍手と喝采があちこちから惜しみなく降り注いだ。

軽い気持ちでトランペットを吹いてみたわけだが、なんだか大事《おおごと》になってしまったな。

俺はアイリスたちに目配せすると、サッとその場を立ち去った。

第十四話　領主の伯爵を助けてみた。

俺はステージ前のベンチを離れると、広場中央の噴水のところで立ち止まった。

ほどなくしてアイリス、リリィ、スララ、そしてキャルが後ろを追いかけてくる。

「コウっち、マジですごいじゃん。ほんと感動っていうか、もう、とにかくやばいっていうか

「……」

「冒険者じゃなくて演奏家でも食べていけそうよね」

「そうそう、それそれ！　ホントそれ！　アイりん、いいこと言うよねー。……って、やば、もうこんな時間じゃん」

キャルは噴水近くの時計を見ると、慌てたように声をあげた。

「ウチ、スリエには里帰りで来てるんだけど、うちのおばーちゃんとランチの約束してるんだよね。てなわけで、コウっち、アイりん、リリちん、スララん、またねー！」

いつのまにかリリィとスララもあだ名呼びになっていた。

そういえば俺のときも、初対面から一分くらいで「コウっちのこと、コウっちって呼んでいいよね？　よろしくー！」みたいなことを言われたっけな。

人によっては馴《な》れ馴《な》れしいと感じるかもしれないが、俺としては嫌いじゃない。

ノリもいいし、友人として付き合いやすいと感じる。

キャルは「ばいばい！」と言って俺たちに小さく手を振ると、タタタッと広場の外へと駆けだしていった。

「すごく、元気な人でしたね」

「ぱわふるだね！」

俺はリリィとスララの言葉に頷《うなず》く。

「なんというか、若々しいよな」

直後、背後から声をかけられた。

「失礼する。貴殿がコウ・コウサカ殿かな」

誰だろう？

俺は後ろを振り返る。

そこには整った身なりをした、背の高い中年男性が立っていた。

頭はツルリと禿《は》げ上がっているが、そのかわり、もっさりとした顎髭《あごひげ》を蓄えている。

身体はやや細く、頬《ほお》もこけている。

もしかしたら持病でも抱えているのかもしれない。

その後ろには護衛らしき騎士が一人、ピンと背筋を伸ばして立っていた。

……わざわざ護衛が付いているということは、この男性はかなりの身分なのだろう。

「先に自己紹介をしておこう。儂《わし》はランドルフ・ディ・メイヤード、メイヤード伯爵領の領主を務めておる。お会いできて光栄だ、《竜殺し》殿」

メイヤード伯爵といえば、現在、スリエで療養生活を送っているはずだ。

お忍びで祭りを訪れる可能性は決してゼロじゃない。

だが、わざわざ俺に声をかけてくるとは思っていなかったし、ちょっと驚きだ。

「貴殿の活躍はすでに聞いておる。オーネンでの黒竜討伐に加えて、トゥーエでのデビルトレント討伐、さらに昨日はザード大橋を架け直してくれたそうではないか。……ゴホッ、ゴホッ」

メイヤード伯爵は喉元を押さえると、苦しそうに咳《せ》き込んだ。

どうやら体調はまだまだ回復しきっていないようだ。

「大丈夫ですか？」

「これは失礼した。四ヶ月ほど前に北で大氾濫《スタンピード》があってな、そのときの傷を癒《いや》すためにスリエで湯治をしておるのだが、まだまだ調子は戻っておらんらしい。情けないことだ」

大氾濫《スタンピード》とは一度に数千匹から数万匹の魔物が現れ、人口密集地を目指して一気に雪崩《なだれ》込むという非常に恐ろしい現象だ。

俺自身、以前にオーネンの街で大氾濫《スタンピード》を経験したことがある。

あのときはデストの超高出力魔導レーザーのおかげで一瞬にして片がついたが、普通に戦っていれば街に大きな被害が出ていただろう。

「ともあれ、コウ殿はこのメイヤード伯爵領の大恩人だ。これまでの活躍については褒賞金をきっちり支払わせてもらうし、国王陛下にも報告しておこう。今後、もし困ったことがあれば、いつでも儂に声をかけてくれ。恩には恩で返すのが我が家の家訓だ。全身全霊で力を貸そう」

メイヤード伯爵はそう言って、ニカッと力強い笑みを浮かべた。

そして、右手を差し出してくる。

俺もそれに応えて右手を差し出し、握手する。


――そのときだった。


「ゴホッ！　ゴホッ！　ぐ、うっ……！」

メイヤード伯爵が激しく噎《む》せ込み、地面に膝をついた。

白目を剝《む》いてうつ伏せに倒れ、そのまま動かなくなる。

同時に、全身から黒いモヤがにじむようにして現れ、俺のほうへと伸びてきた。

脳内に無機質な声が響く。


超高位の呪詛《じゅそ》を感知しました。【転移者】の状態異常無効により遮断を行います。


次の瞬間、俺の周囲で銀色の輝きが弾《はじ》け、黒いモヤをはね除《の》けた。

黒いモヤはしゅるしゅると伯爵の身体のほうへ戻っていき、そのままこちらの様子をうかがうように蠢《うごめ》いている。その様子は獲物を狙う蛇に似ていた。

一方、伯爵は苦悶《くもん》の表情を浮かべ、荒い呼吸を繰り返している。

明らかに普通の状態じゃない。

いったい何が起こっているのだろう。

「この感じ……」

リリィが呟《つぶや》いた。

「魔物による呪詛、でしょうか」

「これって周囲に伝染するタイプよね……。コウ、大丈夫？」

「ああ、平気だ。問題ない」

俺はアイリスの言葉に頷く。

「伯爵、しっかりしてください！」

護衛の騎士は突然のことに戸惑っていたようだが、やがてハッと我に返ると、大声をあげてメイヤード伯爵に駆け寄ろうとした。

その進路を遮るように、スララがピョンと飛び出した。

着地と同時にもこもこと巨大化する。

「ちかよっちゃだめだよ！　なんだかあぶないきがするよ！」

「うわっぷ！」

騎士は立ち止まる間もなく、スララのぽよんとした身体に受け止められる。

コミカルな光景ではあるが、今は笑っている場合じゃない。

状況を把握するための情報が欲しい。

……そう思っていると無機質な声が聞こえてきた。


第一次解析が完了しました。

呪詛名『黒死の呪詛』は致死性かつ伝染性の呪詛です。

周囲に甚大な被害を及ぼす可能性があるため、ユグドラシルの枝を使い、抑制プロセスを実行することを推奨します。


第一次解析ということは、第二次、第三次と続きがあるのだろうか。

細かいことはよく分からないが、メイヤード伯爵は黒死の呪詛とやらに侵されており、それは周囲に広がるようなものらしい。

俺の場合は【転移者】のおかげで無事だったが、呪詛がアイリスやリリィに牙を剥いたら取り返しがつかない。対応を急いだほうがいいだろう。

【アイテムボックス】を開き、ユグドラシルの枝を取り出す。

「その枝、夢で見ました……」

リリィが驚きの表情を浮かべる。

そういえば【予知夢】の映像のひとつに、俺が噴水の近くで枝を持っている、なんてものがあったな。今がまさにその状況だ。

さて、枝はどうやって使えばいいんだ？

俺の疑問に応えるように【フルアシスト】が囁《ささや》きかけてくる。

それによれば、枝の先を呪詛の発生源に向ければいいらしい。

呪詛の発生源というのは、この場合、メイヤード伯爵だろうか。

「……とにかくやってみるか」

俺は枝を構え、先端をメイヤード伯爵に向ける。

すると、枝から緑色の輝きがパァァァァッと流れ出し、伯爵の身体を包んだ。

それは暖かく柔らかい光だった。

黒いモヤが少しずつ、溶けるように消えてゆく。

伯爵の表情はいまだに苦しげだが、呼吸はやや落ち着いてきた。

意識は……なさそうだ。

脳内で【フルアシスト】が結果を報告してくれる。

それによれば、枝の力を用いて、呪詛を弱めることに成功したようだ。

「もしかして、解呪できましたか？」

「いいや、まだだ」

俺は首を横に振る。

「一時的に呪詛を抑え込んだだけだよ。ただ、しばらくは周囲に伝染することもないはずだ」

根本的な問題は解決していないが、ひとまず、緊急事態は乗り切った……というところか。

ほっと一息ついていると、再び、無機質な声が響く。


第二次解析が完了しました。

現時点までの情報を高速インストールしますか？


どうやら解析が進んだらしい。

俺が小さく頷くと、頭の奥にワッと何かが流れ込むような感覚があった。

……なるほどな。

状況はそれなりに理解できた。

全員で情報を共有したいところだが、気がつくと周囲に野次馬が集まっていた。

とてもじゃないが落ち着いて話ができる雰囲気じゃない。

それに、このまま伯爵を地面に寝かしておくのも問題だろう。

俺は護衛の騎士に提案した。

「とりあえず場所を変えないか？」

「しょ、承知しました。近くに『影牛亭《かげうしてい》』という宿があります。ここは伯爵家とも付き合いが長いですし、裏口から入れば人目にもつきません。そこに向かいましょう」

「分かった、伯爵は俺が運ぶから案内してくれ。……皆、行くぞ」


俺たちは広場を離れると、護衛の騎士に案内されて『影牛亭』に向かった。

途中で小道に入り、物陰にある裏口から宿の中へと入る。

『影牛亭』はこぢんまりとしているが、上品で居心地のいい宿だった。

スリエには伯爵家の別荘があるものの、ときどき、伯爵がお忍びで泊まってはささやかな酒宴を開いたり、あるいは他の貴族との密談に使ったりするらしい。

「ああ、伯爵殿、おいたわしや……」

宿の主《あるじ》は小柄な老人で、伯爵の状況を心の底から悲しんでいるようだった。

「お部屋はこちらをお使いください。あっしにできることがあれば、何でもおっしゃってください。それでは失礼いたしやす」

俺たちが案内されたのは一階奥の広い部屋で、ベッドルームと応接間に分かれていた。

ひとまずメイヤード伯爵をベッドに寝かせたあと、俺たちは応接間のソファに座る。

「――コウ殿」

最初に口を開いたのは、護衛の騎士だった。

「ここまで伯爵を運んでいただきありがとうございます。ところで、いま、伯爵の身に何が起こっているのでしょうか？　突然のことばかりで、正直なところ混乱しています……」

「確かに、そろそろ状況の整理は必要だよな」

俺は頷く。

第二次解析が終わったことで、黒死の呪詛について多くのことが分かった。

アイリスたちとも情報を共有しておきたいし、今のうちに説明タイムといこう。


黒死の呪詛というのは、エルダーリッチという魔物が持つ特殊な力らしい。

最初の時点において呪いの症状は存在せず、対象者は自分が呪われていることに気づけない。

三ヶ月から四ヶ月ほどの潜伏期間を経て、たとえば祭りの会場のような、人が多く集まる場所を訪れると、それがトリガーになって呪詛が発動する。

対象者は三時間ほどで死に至り、また、その過程で周囲の人々にも呪いを撒《ま》き散らして命を奪う。

まるで悪質な伝染病だ。

ただ、現在はユグドラシルの枝の持つ神聖な力によって呪詛の効果は抑えられており、あと半日くらいは小康状態が続くはずだ。周囲への伝染も心配しなくていい。

以上の内容を、俺はザッと全員に説明した。

「コウって、本当に何でも知ってるのね……」

アイリスが感心したように呟いた。

「エルダーリッチの名前は聞いたことがあるけど、黒死の呪詛までは知らなかったわ。致死性で伝染性なんて、本当にタチが悪いわね……」

「まったくだ」

俺は頷いたあと、護衛の騎士に向かって言った。

「黒死の呪詛の潜伏期間は三ヶ月から四ヶ月だ。何か心当たりはないか？」

「……もしかしたら」

騎士はハッとした表情を浮かべた。

どうやら思い当たるフシがあるらしい。

「よければ話してくれ。伯爵を助ける手掛かりになるかもしれない」

「承知しました。……あれは四ヶ月前、北で起こった大氾濫《スタンピード》でのことでした」

そう言って騎士は当時のことを話し始めた。

四ヶ月前の大氾濫《スタンピード》においてメイヤード伯爵は『闇色の法衣を纏《まと》った骸骨の魔物』と激しい戦闘を繰り広げたという。

おそらく、その骸骨の魔物こそがエルダーリッチだったのだろう。

メイヤード伯爵は深い傷を負いながらも、どうにか骸骨の魔物を撃退した。

そう、撃退だ。

討伐までには至っていない。

骸骨の魔物はその場から逃げ去る直前、伯爵を指さし、人間の口では発音できないような言葉を早口で喋《しゃべ》っていたらしい。

「きっと、あのときに黒死の呪詛をかけられたのだと思います。もっと早くに気づいていれば

「……」

騎士は悔恨の表情を浮かべ、目を伏せた。

だが、魔物に詳しいアイリスですら黒死の呪詛については知らなかったわけだし、騎士がそれに気づかなかったのは仕方のないことだろう。

「あの、コウさん」

リリィが真剣な表情で声をあげた。

「私は、最上位の光魔法を習得しています。解呪を試してみても、いいですか？」

もちろん断る理由はない。

第三次解析が進行中ではあるが、いつ終わるかは不明だし、こちらでも色々と試すべきだろう。

「じゃあ、頼んでいいか？」

「はい。頑張ります……！」

リリィはコクリと頷くと、ソファから立ち上がってベッドルームに向かった。

俺、アイリス、スララ、そして護衛の騎士もその後ろに続く。

ベッドルームでは、伯爵がぐったりと眠り込んでいた。

時折「うう……」という呻《うめ》き声が聞こえてくるものの、全体として呼吸は穏やかだ。

枝の力はきっちりと呪詛を抑え込んでいるらしい。

「――行きます」

リリィはベッドのそばに立つと、両手を伸ばし、伯爵に向けた。

シン、とした緊張感があたりに満ちる。

「光よ、我が眼前の呪詛を祓《はら》いて一切を清め給《たま》え――クリアライト」

詠唱が終わると同時に、パッと銀色の閃光《せんこう》が弾けた。

だが、伯爵の様子は変わらない。

魘《うなさ》されたような表情のまま、眠り続けている。

「クリアライトが効かないなんて……」

リリィが愕然《がくぜん》とした様子で呟く。

「今のはどんな魔法なんだ？」

「光の解呪魔法の中で、いちばん強力なものです。……これで解けない呪いは存在しない、と言われています」

だが実際問題として、クリアライトで黒死の呪詛を解くことはできなかった。

……もしかして、解呪方法が存在しないタイプの呪いだったりするのだろうか。

だとしたら打つ手がなくなってしまう。

俺が考え込んでいると、ちょうどそのタイミングで無機質な声が聞こえてきた。


第三次解析が完了し、『黒死の呪詛』の情報をすべて取得しました。

情報の高速インストールを行いますか？


どうやら今回ですべての解析が終わったらしい。

解呪の方法が判明していればいいのだが、もしかしたら「解呪不能」という結論が出ているかもしれない。

不安を覚えつつも小さく頷くと、頭の中に情報が流し込まれる。

……ふむ。

結論から言えば、解呪の方法はひとつだけ存在する。

それは伯爵に呪詛をかけた魔物……すなわちエルダーリッチを倒すことだ。

厄介なものは根元から断てばいい、というわけか。

俺はすぐにそのことを皆に伝えた。

しかし、ここで大きな問題が発覚した。

「エルダーリッチは、どこにいるのでしょうか……？」

リリィがポツリと呟く。

護衛の騎士のほうを見れば、申し訳なさそうな表情で首を振った。

詳しく話を聞いてみると、どうやら四ヶ月前の大氾濫《スタンピード》において、エルダーリッチは他の魔物たちに紛れるようにして逃げ去ったという。

それ以降は一度も姿を見せておらず、居場所はまったくの不明ということだ。

「……困ったな」

今から足で探していたら、どれだけ時間がかかるか分からない。

俺のスキルで役に立つものは……そうだ。

「【オートマッピング】を試してみるか」

「地図のスキルで探すのはどう？」

俺とアイリスの発言は、ほぼ同時だった。

お互いに眼《め》を合わせて小さく笑う。

「マスターさんとアイリスおねえさんは、やっぱりなかよしだね！」

「そうだな」

俺は頷きつつ【オートマッピング】を発動させる。

青白いウィンドウが目の前に浮かんだ。

そこにはスリエの市街図が表示されている。

「コウ殿、それは……？」

護衛の騎士が驚いたような表情で問い掛けてくる。

「周辺の地図を出すスキルだ。ついでに、探し物もできる」

俺はそう答えてから、青白いウィンドウに向かってこう言った。

「エルダーリッチの居場所を検索してくれ」

すると脳内に声が聞こえてきた。


『黒死の呪詛』の解析が完了しているため、呪詛の逆探知が可能です。

これより逆探知を開始します。

――逆探知が完了しました。結果を【オートマッピング】に反映します。


開始から終了まで、一秒も経《た》っていない。

ずいぶん早いな。

青白いウィンドウにはスリエの市街図が表示されていたが、スッとズームアウトして広域の地図に切り替わる。

そして地図の左上……スリエから北西に進んだ山の奥に、赤色の光点がマーキングされていた。

山の名前はトリメ山というらしい。

どうやらここにエルダーリッチがいるようだ。

「居場所、分かったみたいね」

「ああ。これで対応はできるな」

俺はアイリスの言葉に頷く。

「本当ですか！」

護衛の騎士は大慌てで俺の右側に回ると、そこからウィンドウを覗《のぞ》き込んだ。

「ここにあの骸骨が……！」

騎士の言葉からは強い闘志が漲《みなぎ》っていた。

主人であるメイヤード伯爵が傷つけられたこともあって、エルダーリッチに強い怒りを抱いているのだろう。

今すぐ一人で飛び出していきそうな勢いだ……などと思っていたら、そのとき、伯爵がモゾモゾと身動きをした。

「コウ、殿……」

どうやら意識が戻ったらしく、ゆっくりとベッドから身を起こす。

その顔面は蒼白《そうはく》で、声もガラガラに枯れている。

まるで折れる寸前の老木みたいな雰囲気だ。

「話は、途中から聞かせてもらった。儂はあの魔物に呪われていたのか……」

「はい、エルダーリッチを倒す以外に解決策はないと思われます」

俺が同意を返すと、伯爵は考え込むような表情を浮かべた。

そして、ポツリ、ポツリと語り始める。

「……四ヶ月前の大氾濫《スタンピード》で、我が家の騎士団は大きな打撃を受け、ほとんど壊滅状態となっておる。領内の治安維持は冒険者ギルドに任せきりの状態だ。立て直しには数年の時間がかかるだろう」

その話ならば以前にミリアから聞いた覚えがある。

領主であるメイヤード伯爵家の騎士団にはマトモな戦力が残っておらず、そのためオーネンでは大氾濫《スタンピード》や黒竜に対して独力で対応せざるをえなくなったということだった。

「跡継ぎの息子らもまだ若い。ここで儂が命を落とせば、メイヤード伯爵領は大きな混乱に見舞われ、手のつけられん状況に陥ってしまうだろう」

伯爵の言うことはよく分かる。

ただでさえ問題が山積みなのに、ここでトップの人間を失ってしまえば伯爵領の運営は完全に崩壊するだろうしな。

「……コウ殿」

伯爵は改まった表情で俺のほうを見据えると、深く、頭を下げた。

「厚かましい願いかもしれんが、エルダーリッチを討伐してもらえんだろうか。相応の報酬と名誉は約束する。……どうか、頼む」

「自分からもお願いします」

そう言ったのは護衛の騎士だ。

床に両足をついて、首《こうべ》を垂れる。

まるで土下座のような姿勢だ。

「どうか伯爵をお救いください。自分にできることなら、何でもいたします」

「……コウさん、どうしますか」

リリィがこちらを見上げながら訊《たず》ねてくる。

もちろん答えは最初から決まっていた。

ここで伯爵を見捨てるのは中途半端で後味が悪いし、いずれは枝の効果が切れ、呪いは周囲へと伝染していく。そのとき犠牲になるのはスリエの人々だ。

里帰りを満喫しているはずのキャルや【手品】持ちの若い衛兵も命を落とすだろう。

そんなの、見過ごせるわけがないよな。

だから俺は頷いた。

「分かりました。伯爵、その依頼、引き受けます」

第十五話 古代の迷宮を見つけてみた。

俺はメイヤード伯爵からエルダーリッチの討伐を引き受けると、今後の動きについて簡単に打ち合わせを行い、『影牛亭《かげうしてい》』を出た。アイリス、リリィ、そしてスララも一緒だ。

メイヤード伯爵は最悪の事態に備え、これから街を離れるらしい。

ユグドラシルの枝の効果により、黒死の呪詛《じゅそ》はひとまずの休眠状態にある。

だが半日もすれば呪詛は活動を再開し、周囲に伝染しながら大きな犠牲を生むだろう。

それを避けるため、人のいない場所に移動するそうだ。

俺たちは人通りの多い道を避け、小走りで北門へと向かう。

「みんな、こっちだ」

「裏通りはそこまで混んでないわね」

「急ぎましょう……！」

「マスターさん、運んでくれてありがとう！」

「構わないさ」

俺は右脇にスララを抱えたまま、人のあいだを縫うようにして駆け抜ける。

こういう芸当ができるのも【器用の極意】のおかげだ。

ほどなくして城門に辿《たど》り着いた。

人の出入りは多いが、通れないほどじゃない。

早足で街の外に出たあと、少し離れたところで【アイテムボックス】を開き、デストとグランド・キャビンを呼び出す。

「オ呼ビデスカ、マスター」

「ああ。ちょっと急ぎの用事だ」

俺は【オートマッピング】を起動し、スリエ周辺の地図をデストに見せた。

「目的地はここだ。山の奥だから、途中からは徒歩になる。できるだけ近くまで行ってくれ」

「承知シマシタ！　オ任セクダサイ！」

俺はデストの返事に頷《うなず》くと、御者台へと乗り込んだ。

もし途中で魔物が出てきた場合、ファイアアローで即座に吹き飛ばすつもりだった。

俺の左側にアイリスが、右側にリリィとスララが座る。

「デハ、出発シマス！　全速前進デス！」

デストの力強い宣言とともに、グランド・キャビンが動き始める。

わずか十数秒でトップスピードに達し、左右でビュンビュンと景色が流れる。

「マスターさん、馬車、いつもよりはやいね！」

「急ぎの状況だからな」

俺はスララの言葉に頷きつつ、【オートマッピング】の地図を確認する。

目的地までの距離はまだ遠いが、この速度ならば五分ほどで山の麓《ふもと》に到着するだろう。

そんなことを考えていると、アイリスがポツリと呟《つぶや》いた。

「ねえコウ。今の状況って、リリィちゃんの【予知夢】どおりじゃない？」

「確かにそうだな」

俺は頷く。

昨夜、リリィは【予知夢】によって三つの映像を見ている。

一つ目は、俺がトランペットを受け取る光景。

二つ目は、噴水のところで俺が【アイテムボックス】から緑色の枝を取り出す光景。

そして三つ目が、全員で馬車に乗って街の北西に向かう光景だ。

「これで【予知夢】は三つとも的中した、ってことか」

「リリィちゃん、すごいじゃない」

「……ありがとうございます」

リリィは遠慮がちな表情で小さく頭を下げた。

「でも、私は何もしていないです。——スキルがすごいだけだと、思います」

なんだか、どこかで聞いたようなセリフだな。

アイリスも同じことを思ったのか、すぐにツッコミを入れた。

「まるでコウみたいなことを言うのね」

「えっ？」

「コウも一時期、口癖みたいに言ってたのよ。『俺がすごいんじゃない。スキルがすごいだけだ』って。……でも、最近はあんまり聞かないわね」

「ちょっと考え方が変わったんだ。スキルってのは、結局、使う本人次第だしな」

「どういうこと？」

「同じスキルを持っていても、うまく活用できる人間と、できない人間がいる。スキルってのは使い方も含めて、自分の一部なんだ」

「自分の一部……」

リリィは何か思うところがあったらしく。俺の言葉を繰り返すと、深く頷いた。


それからほどなくして、グランド・キャビンは山の近くに到着した。

俺たちは御者台から降りて、山のほうを見上げた。

ここからは森になっているため、徒歩での移動になる。

「デスト、ありがとう。ひとまず休んでくれ」

「承知シマシタ！　マタ、イツデモオ呼ビクダサイ！」

デストは右腕を振り上げ、ガシャンと敬礼した。

俺はその足元に触れ、グランド・キャビンともども【アイテムボックス】に収納する。

それから【オートマッピング】で地図を確認し、エルダーリッチの居場所を示す赤色の光点に向かって歩き始めた。

山はなだらかな斜面になっており、空気はどこかひんやりとしている。

「そういえば二人とも、エルダーリッチの名前は聞いたことがあるんだよな」

俺は道すがら、アイリスとリリィにそう問いかけた。

「ええ。竜人族の伝承にちょっとだけ出てくるのよ。でも、竜人族の国に大きな被害をもたらした、ってことしか分からなかったわ」

「私も、同じようなものです」

リリィが小声で頷いた。

「戦神教の古い記録に、エルダーリッチのせいで大きな都市が一夜で滅んだ、という話が出てきます。あれは嘘《うそ》や誇張じゃなく、黒死の呪詛が原因だったのかもしれません……」

「たぶん、そうだろうな」

黒死の呪詛が人口密集地で発動すれば、それこそ犠牲者はネズミ算式に増えていく。

今回はユグドラシルの枝が手元にあって本当によかった。

俺が安堵《あんど》のため息をついていると、スララがぴょこぴょこと跳ねながら俺の横に並んだ。

「マスターさん、ぼくを連れてきてくれてありがとう」

「いいんだ、仲間だからな」

スララについてはスリエで待機してもらうという選択肢もあったが、本人（本スライム？）の希望もあり、今回は同行してもらうことにした。

おせわスライムは身体のサイズや重さ、形状を自由に変えられる。

もしかしたら意外なところで活躍してくれるかもしれない。

ただ、基本的には非戦闘員だし、戦闘中は最小サイズになってもらい、フェンリルコートのポケットに避難させておくつもりだ。

それから五分ほど歩くと、俺たちは切り立った崖の下へと辿り着いた。

眼《め》の前にはゴツゴツとした岩肌が広がっている。

【オートマッピング】の地図を見ると、赤色の光点は崖の内側で輝いていた。

「ねえコウ、なんだか前にも似たようなシチュエーションがあったわよね」

アイリスの言葉に、俺は頷いた。

「オーネンで地下都市を見つけたときとそっくりだな」

そう言いながら岩壁をコンコンと叩《たた》いていくと、トッ……というおかしな音のする岩があった。

縦長の長方形で、俺の身体よりも二回りほど大きい。

右手をかざし【アイテムボックス】への収納を念じた。

地面に魔法陣が浮かび、ヒュッと岩石が吸い込まれるようにして消える。

その向こうには金属製のドアが隠されていた。

「すごい……」

リリィが感嘆の声をあげた。

「どうして、扉が隠されているって分かったんですか？」

「オーネンでも同じようなことがあったんだ」

俺はそう答えてから金属製のドアに近づく。

ドアの表面には砂時計のような記号が刻まれていた。

これはいったい何だろう、と思っていたら、右後ろでリリィがハッと息を呑《の》んだ。

「災厄教の、紋章……!?」

「知ってるのか？」

「はい。【戦神の巫女《みこ》】としての教育を受けたときに、習いました。災厄教は古代文明のころに存在した邪教で、名前のとおり、災厄を神として崇《あが》めていたそうです」

「ぼくも、知ってるよ」

スララがいつになく真剣な調子で言うと、口の中からメガネを取り出した。

メガネをかけ、キリッと賢そうな顔つきになってから喋《しゃべ》り始める。

「四千年前、古代文明の人たちは災厄に立ち向かうために色々と準備をすすめていたけど、災厄教はそれを妨害していたんだ。たぶん、ここは災厄教の拠点のひとつだよ」

そんなところに住み着いているなんて、エルダーリッチとやらも随分と趣味が悪い。

……待てよ。

リッチというのは、ファンタジー系のアニメやゲームにおいて、高位の魔術師が何らかの手段で不死者になった姿として描かれることが多い。

もしかするとエルダーリッチも、もともとは災厄教とやらの信者だったのかもしれない。

まあ、相手の正体が何であれ、やるべきことは変わらない。

エルダーリッチを討伐し、伯爵の呪いを解くだけだ。

ただ困ったことに、金属製のドアにはノブも取っ手もなく、中に入る手段はなさそうだ。

これも【アイテムボックス】に収納できるだろうか……と思っていたら、スララがピョンと飛び跳ねて、ドアに張り付いた。

「マスターさん、このドアは古代文明のシステムを使ってるみたいだから、ぼくでも開けられるよ。ロックを解除するから少しだけ待っててね」

直後、頭上からピロロロ……という電子音が鳴り響き、ドアが奥へと開いていく。

「開いたよ！」

「よし、行くぞ」

俺たちは互いに頷き合うと、ドアの中へと足を踏み入れた。

第十六話　ものすごい勢いで迷宮を攻略してみた。

ドアの向こうには細長い通路が続いていた。

壁の左右には一定距離ごとに魔導灯があり、薄暗いながらも周囲を照らしている。

おそらく、この場所が作られた当時に設置されたものだろう。

四千年後の現在においても稼働を続けているあたり、古代文明の技術水準の高さがうかがえる。

通路はゆるやかな下り坂で、左に大きくカーブを描いていた。

俺はアイリス、リリィ、スララを連れ、ひたすら先へと進んでいく。

その奥には大きな黒塗りの扉があった。

表面にはアルファベットのような文字がいくつも刻まれている。

「古代語ね。いったい何が書いてあるのかしら」

「一応、古代語は習ったことがあります。……でも、この文章、なんだか変です」

アイリスとリリィが揃《そろ》って首を傾《かし》げる。

「災厄教の人たちは特殊な暗号を使っていたんだ」

スララはメガネをかけたままの姿で黒塗りの扉に近づくと、そこに刻まれた文字へと眼《め》を向けた。

「いま、解読するね。ええと……」

「どれどれ」

俺は壁の文字に向かって目を凝らす。

すると【フルアシスト】が起動し、一瞬のうちに解読が終わった。

『第三号地下迷宮礼拝所』……？』

「マスターさん、もう解読できたの!?」

「コウさん、すごいです……！」

「スララちゃんはどう？　解読できた？」

「うん。マスターさんの言うとおり『第三地下迷宮礼拝所』で合ってるよ」

「それってどんな場所なんだ？」

俺がそう訊《たず》ねるとスララはこう答えた。

「災厄教の拠点の中でも、かなり大きなものだよ。ちょっと説明しておくね」

――スララの話をまとめると、次のような内容だった。

災厄教は災厄を神として崇《あが》めており、独自の教義に従い、世界のあちこちに怪しげな施設を作っていたらしい。

そのなかでも地下迷宮礼拝所というのは非常に特徴的なものであり、侵入者を迎え撃つための迷宮と、最下層の礼拝所に分かれている。

信者たちは地下迷宮礼拝所が完成すると、そのまま礼拝所に籠《こも》り、災厄を讃《たた》えるための儀式を行ったという。

「どうしてわざわざ迷宮なんて作るんだ？」

「ぼくも詳しいことまでは分からないんだ。ただ、迷宮や罠《わな》は侵入者を撃退する以外にも、儀式の途中で逃げ出した信者を処刑するためのものだった、って話もあるよ」

「いったいどんな儀式をやってたんだ……？」

「あんまり想像したくないわね」

「……怖いです」

リリィが小さく身体を震わせた。

ともあれ、扉の向こうは罠だらけの迷宮になっているわけか。

俺はあらためて【オートマッピング】を確認する。

青白いウィンドウには迷宮全体の地図が表示されており、それによれば、ここはまさにＲＰＧのダンジョンみたいな構造になっていた。

全部で四階層あり、それぞれの階層は階段によって繋《つな》がっている。

エルダーリッチの居場所を示す赤い光点は、最深部の第四階層で輝いていた。

ボスキャラは一番奥にいるってことか。

定番のシチュエーションだな。

俺たちはこれから第一階層に足を踏み入れるわけだが、地図を見るに、この階層は巨大な迷路のようだ。

細長い通路がグネグネと続き、途中で何度も二つに分かれながら、複雑に入り組んでいる。

下の階層に繋がる階段はちょうど迷路の中央にあるが、一筋縄では辿《たど》り着けそうにない。

「なんだか迷子になりそうね……」

ウィンドウの地図を見て、アイリスが言った。

「迷路を突破するまで、いったい何時間かかるのかしら」

「のんびりは、できませんよね」

「ああ、そうだな」

俺はリリィの言葉に頷《うなず》く。

ユグドラシルの枝の効果が切れてしまえば、黒死の呪詛《じゅそ》によってスリエは死の街に変わるだろう。

ここでモタモタしている余裕はない。

「ねえコウ」

アイリスが、ふと思いついたように言った。

【オートマッピング】って経路検索もできるはずよね。それを利用するのはどう？」

「いい考えだな。——けど、その前にひとつだけ試させてくれ」

俺はそう言うと、【アイテムボックス】から巨大な木製のハンマーを取り出した。

ヒキノの木槌《きづち》。

この世界に転移した当初に【創造】した武器のひとつで、付与効果は《壁破壊S＋》となっている。壁を壊す場合、非常に大きな威力を発揮するらしい。

用途が限定されすぎているため、いまいち使いどころのないアイテムだったが、もしかしたら役に立つかもしれない。

俺は黒塗りの扉を押し開けて、迷路に足を踏み入れた。

——結論から言えば、俺たちは大幅なショートカットに成功した。

「おおおおおおっ！」

俺がハンマーを振り下ろすと、迷路の石壁がまるでビスケットのようにザクザクと砕けていく。

正直、かなり爽快だ。

「コウさん、楽しそうです……」

「まさか壁を壊して進むなんて、その発想はなかったわ……」

「マスターさんは、頭も規格外なんだね」

……それは褒め言葉なのか？

まあ、スララのことだから悪気はないのだろう。

俺は苦笑しつつ、ハンマーを振り上げ――叩《たた》きつける！

ガンッ！

一撃で石壁は崩れ去り、その向こうに下り階段が見えた。

これで第一階層は突破だな。

時間としては十分も経《た》っていないはずだ。

もしも迷路のタイムアタックがあるのなら、世界最速記録になるだろう。

……いや、反則で失格になるか？

ともあれ俺たちは階段を下り、第二階層へと向かった。

【オートマッピング】の地図によれば、この階層は三つの部屋が縦に並び、それぞれが細長い通路で繋がっている。

階段を出た先の部屋は四角いタイルで敷き詰められており、白、黒、白、黒……という市松模様になっていた。

「いかにも罠が仕掛けてありそうだな」

「ぼく、知ってるよ」

スララはメガネをキランと輝かせた。

「この部屋には、踏んだら罠が作動するタイルがあるんだ。それを避けて歩かないと、天井が落ちてくるはずだよ」

「どうして分かるんだ？」

「ぼくたちおせわスライムを作った人たちの中に、災厄教と戦っている魔術師さんがいたんだ。その人が、四千年後に現れるマスターさんのためにって、災厄教の拠点によく仕掛けられている罠について教えてくれたんだ。……安全なタイルの見分け方も教わったから、ちょっと待っててね」

「要するに、危険なタイルを踏まなければいいんだよな」

「うん、そうだよ」

「なるほどね」

アイリスが左横で頷いた。

どうやら俺と同じ結論に至ったらしい。

一方でリリィは何のことか分からず、不思議そうな表情を浮かべている。

「コウさんは、いったい何をするつもりなのでしょうか……？」

「見ていれば分かるわ。コウは空が飛べるのよ」

「えっ……。まさか飛行魔法を……？」

「いや、そういうわけじゃない」

俺は【アイテムボックス】からフライングポーションを取り出すと、一気に飲み干した。

口の中に芳醇《ほうじゅん》な香りが広がる。

「みんな、俺に掴《つか》まってくれ」

「あたしは左腕にするわ」

「右腕、失礼します」

「ぼくはマスターさんの頭にのっちゃうよ」

俺は両手にアイリスとリリィを抱え、ついでにスララを頭に乗せたまま、トンッと地面を蹴った。

《風の加護S＋》の効果により、ふわりと身体が浮き上がる。

「すごい、本当に飛んでます……！」

リリィが感嘆の声をあげる。

俺たちはふわふわと宙に浮かび、タイルを一枚も踏むことなく部屋の反対側にある通路へと辿り着いた。

当然ながら天井は落ちてこない。

攻略完了だ。

俺は《風の加護S＋》を解除し、地面に降り立った。

「すごい裏技だったわね」

「びっくりしました……」

「ふわふわしてたね！」

さて、せっかく時間を短縮できたのだから、サクサク前に進んでいこう。

次の部屋は縦長になっており、左右には鋼鉄の砲台がそれぞれ十門、合計で二十門も並んでいる。

ザッと【鑑定】してみたが、いずれもオリハルコン製の魔導レーザー砲台だった。

「ここはどういう部屋なんだ？」

俺はスララに訊《き》いてみる。

「この部屋はスピードが大事だよ。一気に通り抜けないと、魔導レーザーに焼かれちゃうんだ。絶対に立ち止まらないでね」

「片っ端から壊せばいいんじゃないか？」

「えっ」

戸惑うスララをよそに、俺は【アイテムボックス】からヒキノの木斧《きおの》を取り出した。

これは異世界での初戦闘においてアーマード・ベアを一撃で葬った武器で、《投擲《とうてき》クリティカルA＋》と《命中補正S＋》が付与されている。

俺はヒキノの木斧を大きく振りかぶると、全身全霊の勢いを込めて放り投げた。

「りゃあああああああああっ！」

木斧は風を切り裂きながら飛び、オリハルコン製の砲台を粉々に粉砕した。

「……毎回思うけれど、コウの武器って色々と反則よね」

「どうして、木でオリハルコンが砕けるのでしょう……？」

我ながら不思議だが、付与効果というのはそれだけ強力なのだろう。

ちなみにヒキノの木斧はかなりのストックがあり、残りは十九個だ。

そして魔導レーザー砲台の残りも十九門となっている。

……俺は次から次へとヒキノの木斧を投擲し、すべての砲台を破壊した。

「よし、行こう」

俺たちは悠々と二番目の部屋を突破した。

途中、攻撃に使ったヒキノの木斧と、ついでに魔導レーザー砲台の残骸を【アイテムボックス】に回収しておく。後で何かの役に立つかもしれないからな。

細い通路を抜けて、次の部屋に向かう。

【オートマッピング】の地図によれば、ここが第二階層で最後の部屋となる。

部屋は学校の教室ほどの大きさだった。

中央には小さな台座があり、その上に漆黒の水晶玉が据え付けられている。

床には砂時計の紋章が刻まれ、紫色の怪しげな光を放っていた。

なんだか空気も重苦しいし、不気味な雰囲気だ。

「マスターさん。ここは、ちょっと大変だよ」

スララが顔をしかめながら呟《つぶや》く。

「この部屋は全体に高位の呪詛がしかけられているんだ。呪詛の効果までは分からないけど、たぶん、かなり危険なものだと思うよ。まんなかの水晶玉に魔力を流し込めば一時的に呪詛は止まるけど、誰か一人は犠牲になる必要があるね……」

「随分と性格の悪い罠だな。……待てよ」

俺はふと閃《ひらめ》く。

【転移者】には呪詛の遮断効果もあるし、普通に歩いていけるんじゃないのか？

そう思った矢先、【フルアシスト】が起動して脳内に声が響いた。

解析が完了しました。

呪詛名『紫毒の呪詛』は【転移者】での遮断が可能です。


どうやら俺の考えたとおりらしい。

だったら、次にやるべきことは決まってるよな。

「みんなはここで待っててくれ。俺が行ってくる」

「コウ、大丈夫なの？」

アイリスが心配そうに訊いてくる。

「問題ない。俺に呪いは効かないからな」

「そういえばコウさん、さっきも黒死の呪詛を弾《はじ》いてました」

「マスターさん、危ないと思ったらすぐに戻ってきてね」

「心配ない。任せてくれ」

俺はそう言って、呪詛の仕掛けられた部屋へと足を踏み入れる。

身体の周囲でバチバチと銀色の火花が散った。

【転移者】が呪詛をブロックしているのだろう。

なんだか線香花火になったような気分だ。

そのまま台座のところまで進み、水晶玉に触れる。

「はあああああっ！」

全身全霊の気合を込めて魔力を流し込む。

バリン、と水晶玉が砕け散り、床の紋章が輝きを失っていく。

部屋の空気が少しだけ軽くなったような気がした。

「これでいいのか？」

「マ、マスターさん、すごいね……」

スララは驚きに眼を丸くしていた。

「マスターさんが魔力を流し込みすぎて、呪詛が完全に壊れちゃったみたい」

「あいかわらず桁外れのパワーね……」

「コウさんの魔力量って、どれくらいあるんですか……？」

MPは5万を超えているので、魔術師五百人分の魔力だろうか。

ともあれ、これで第二階層はクリアだ。

第三階層に進もう。

【オートマッピング】を確認すると、第三階層は複数の部屋と、部屋と部屋を繋ぐ通路によって構成されていた。

ゲーマーの俺としては、いかにもダンジョンっぽい構造だな、と感じてしまう。

下り階段を出た先は石造りの四角い部屋となっており、左側と正面に隣の部屋と繋がる通路があった。

「スララ、ここもやっぱり罠が仕掛けてあるのか？」

「うーん……」

スララは困ったように声をあげた。

「罠はなさそうだけど、なんだか嫌な予感がするよ……」

「まずは俺が行く。みんなは後ろから来てくれ」

「気をつけてね、コウ」

「いざとなったら《神速の加護ＥＸ》で逃げるさ」

俺はアイリスの言葉に軽く答えて、部屋に足を踏み入れる。

異常はなにもなさそうだ。

「……ん？」

遠くから足音が聞こえたような気がして、俺は部屋の中央で立ち止まる。

耳を澄ます。

間違いない、足音だ。

ひとつではなく、複数。

こちらに近づいている。

「コウさん、左です！」

「分かってる！」

リリィの声に応えつつ、俺は左手を構えた。

その中指では炎帝竜の指輪が赤く輝いている。

直後、左の通路から、骸骨の兵士たちが飛び出してきた。

数は全部で三体だ。

右手に剣、左手には盾を持ち、全身から黒色の禍々《まがまが》しいオーラを漂わせている。

「「ガアアアアアアアアアアッ！」」

骸骨の兵士たちはおぞましい叫び声をあげ、こちらに襲い掛かってくる。

だがそれよりも早く、俺は魔法を発動させていた。

「ファイアアロー！」

左手から火矢が三本、同時に放たれる。

それは骸骨の兵士たちを貫き、すぐさま灰に変えた。

——やったか？

だが次の瞬間、黒い光が弾けたかと思うと、骸骨の兵士たちは元どおりの姿へと再生を果たしていた。すぐに剣と盾を拾い直すと、流れるような動きでこちらに斬り掛かってくる。

「おっと！」

俺は一瞬だけ《神速の加護ＥＸ》を発動させて素早く後方へ飛び退《の》くと、【鑑定】を発動させた。

スケルトンソルジャー：災厄教の儀式のひとつ『不死兵の儀式』によって召喚される魔物。闇の力が尽きるまで何度でも再生を繰り返す。再生可能回数はおよそ百万回。

説明文から推測するに、四千年前、災厄教の信者たちはこの場所で『不死兵の儀式』を行い、スケルトンソルジャーを召喚したのだろう。

随分と厄介な置き土産だ。

百万回も復活できるなんて、実質的には不死身じゃないか。

こっちにはタイムリミットもあるし、マトモに相手をしている余裕はない。

どうする？

俺が思考を巡らせた一瞬、リリィがすぐ右横に来て錫杖《しゃくじょう》を構えた。

「光よ、邪悪を薙《な》ぎ払う雷霆《らいてい》となれ——ホーリーライトニング」

リリィの錫杖から無数の稲妻が放たれ、三体のスケルトンソルジャーを呑《の》み込む。

「「「ガアアアアアアアアアアアアアッ！」」」

白い閃光《せんこう》が弾けた。

まばゆい輝きに包まれ、スケルトンソルジャーの身体がサラサラと溶けるように崩壊していく。

オリハルコン製の剣と盾は、持ち主を失ったことでカラン、カランと地面に落ちた。

復活する気配は……ない。

どうやら今の一撃で倒せたようだ。

リリィが言う。

「ホーリーライトニング、光の最上位浄化魔法です。再生能力を持つ魔物……いわゆるアンデッドの再生回数を無視して、完全消滅させることができます」

光の魔法はアンデッドによく効く。

ファンタジー系のゲームやアニメではおなじみの設定だが、この世界でも通用するようだ。

スケルトンソルジャーを百万回も倒すのはキツいものがあるので、正直、すごく助かった。

「リリィ、ありがとうな」

「いえ、コウさんが無事でよかったです」

「リリィおねえちゃん、すごいね！」

「ここから先は固まって動いたほうがよさそうね」

「俺とアイリスが前衛で時間を稼いで、リリィの魔法でトドメだな。それでいいか？」

「あたしは賛成よ」

「が、頑張ります……！」

「マスターさん、ぼくは？」

「スララも後衛だ。戦場全体を見渡して、気づいたことがあったらすぐに教えてくれ」

「はーい！　このメガネでしっかり眺めるよ！」

「ああ、頼む」

俺はスララの頭をぽんぽんと撫《な》でたあと、スケルトンソルジャーたちが残していったオリハルコンの剣と盾を【アイテムボックス】に回収しておく。

世の中、どこで何が役に立つか分からないからな。

さて、それじゃあ出発しようか。

……と思った矢先、【フルアシスト】の無機質な声が聞こえた。

アンデッド名『スケルトンソルジャー』のデータ解析が終了しました。

ユグドラシルの枝を用いての強制浄化プロセスが実行可能になりました。

どうやら【フルアシスト】は先ほどの戦いを解析していたようだ。

強制浄化プロセス、か。

なんだか強そうな名前だな。

実行方法はとてもシンプルで、スケルトンソルジャーの身体にユグドラシルの枝を接触させればいい。それだけで浄化が発動する。

次にスケルトンソルジャーと出くわしたら試してみよう。

俺は【アイテムボックス】からユグドラシルの枝を取り出し、右手に握る。

それを見て、アイリスが言った。

「ねえコウ。それって、黒死の呪詛を抑えるときに使った枝よね」

「ああ。骸骨のバケモノ……スケルトンソルジャーの浄化もできるらしい」

「そんなこともできるの？　すごい枝ね……」

アイリスが感嘆のため息をつく。

俺も正直、ユグドラシルの枝には驚いている。

まだ素材の段階なのに、こんなに役立つなんて予想外だ。

ここからどんなアイテムが【創造】できるのか、期待は大きく膨らむばかりだ。

さて、それじゃあ次に進もう。

【オートマッピング】の地図によれば、左の部屋は行き止まりになっている。

俺たちは正面の通路を通り、次の部屋へと足を踏み入れた。

そこは石造りの四角い部屋で、左右にそれぞれ細い通路がある。

左右の通路から同時に、一体ずつ、スケルトンソルジャーが飛び出してきた。

ユグドラシルの枝を試すチャンスだな。

俺とアイリスは一瞬だけ視線を交わす。

「右を頼んだ」

「了解よ」

それ以上の言葉は必要なかった。

俺はユグドラシルの枝を構えて走りだした。

ターゲットは、左側のスケルトンソルジャーだ。

「ガアアアアアアアッ！」

スケルトンソルジャーは雄叫《おたけ》びをあげ、オリハルコンの剣を振り下ろしてくる。

その斬撃はかなり鋭く、直撃すれば脳天から真っ二つにされていただろう。

だが、遅い。

俺は斬撃を紙一重で躱《かわ》しながら、ユグドラシルの枝をスケルトンソルジャーの胸骨に押し当てた。


強制浄化プロセスを実行します。


緑色の閃光が弾けた。

バシュン！　という破裂音が響いたかと思うと、スケルトンソルジャーは断末魔を残す間もなく消滅していた。

復活も起こらない。

まさに強制浄化としかいいようのない光景だった。

アイリスのほうを見れば、竜神の盾を左手に、赤い大槍《おおやり》を右手に構え、軽やかなステップでもう一匹のスケルトンソルジャーと渡り合っていた。

身のこなしは流麗で、動くたびにポニーテイルの赤髪がサァッと広がる。

その姿は凛々《りり》しく、とても美しい。

つい見惚《みと》れてしまいそうになるが、今はそんな場合じゃない。

「アイリス！」

「ええ、後はお願い！」

名前を呼ぶだけでアイリスはすべてを察してくれたようだ。

息の合った連携とは、たぶん、こういうことを言うのだろう。

アイリスは左手の盾で、ドン、とスケルトンソルジャーを突き飛ばすと、そのままバックステップで距離を取った。

その横を駆け抜け、俺はスケルトンソルジャーに急接近する。

「もらった！」

「グオオオオッ!?」

スケルトンソルジャーが体勢を立て直したとき、俺はすでにユグドラシルの枝を、相手の肋骨《ろっこつ》部分に押し付けていた。

緑色の閃光が弾け、スケルトンソルジャーが消滅する。

敵の増援は……ない。

ひとまず、この場の安全は確保されたと考えていいだろう。

「コウ、ありがと」

「そっちも、いい動きだったぞ」

俺とアイリスは互いに左手を挙げると、パン、と勢いよくハイタッチした。

「マスターさんとアイリスおねえさん、息、ピッタリだね！」

スララが楽しそうに声をあげる。

その後ろではリリィが驚きの表情を浮かべていた。

「コウさん、その枝、すごい威力ですね……！」

「俺もビックリしたよ。まさか一瞬で片付くなんてな」

「私も、もっと早く詠唱できるように頑張ります」

リリィは枝に対抗心を燃やしているらしく、その瞳はやる気に輝いていた。

「リリィおねえちゃん！　古代の魔術師さんが言ってたけど、詠唱を早くするには早口言葉がいいらしいよ！」

「早口言葉、ですか」

「うん！」

スララは頷くと、口を大きく開けてこう言った。

「あめんぼあかいなおいしいな！」

「あめんぼあかいな、おいしいな……？」

「食べるの!?」

アイリスが思わずツッコミを入れていた。

たぶん正しくは「あめんぼあかいなあいうえお」だし、それは早口言葉じゃなく発声練習だ。


そのあとも俺たちは【オートマッピング】の地図を横目に見ながら、下り階段までの最短ルートを進んでいった。

新たな部屋に足を踏み入れるたびにスケルトンソルジャーが何匹も襲い掛かってきたが、枝の強制浄化プロセスもあって、順調に切り抜けることができた。

やがて俺たちは最後の部屋の、ひとつ手前の部屋に辿り着いた。

スケルトンソルジャーの襲撃は……ない。

およそ三十四以上は倒しているし、そろそろ全滅したのかもな。

「あら……?」

アイリスが、ふと、何かに気づいたように声をあげた。

「ねえコウ。この階層って、罠が一つもなかったわよね」

「確かにそうだな。」

「スケルトンソルジャーが、罠の代わりなのでしょうか……?」

リリィが首を傾げる。

「でも、侵入者を迎え撃つなら、同じ部屋にスケルトンソルジャーと罠をまとめて配置するほうがいい気もします」

「その場合、スケルトンソルジャーが罠に引っ掛かりそうだけどな」

ここまでの戦いから考えるに、スケルトンソルジャーはそこまで賢い魔物じゃない。

罠でうっかり自爆する可能性は高そうだ。

「ともあれ次が最後の部屋だ。油断せずに行こう」

俺たちは細い通路へと足を踏み入れる。

まっすぐ進んでいくと、途中で右への曲がり角になっていた。

先の様子が見えないのは、ちょっと怖いな。

なんだか嫌な気配がする。

アイリスのほうを振り返ると、俺と同じことを感じていたらしく、こう言った。

「なんだか肌がヒリヒリするわね。……リリィちゃんはどう？」

「たくさんの邪気を、感じます」

「マスターさん。もしかしたら、アンデッドがいっぱい待ち構えているのかも」

「可能性はあるな」

俺はスララの言葉に頷く。

第三階層を突破したら、エルダーリッチのいる第四階層だ。

ボスキャラの手前に大量のザコキャラが待ち構えている……ってのは、ある種の定番だよな。

俺は曲がり角からそっと首だけ出して、向こうの様子をうかがう。

最後の部屋までの距離は十メートルほどだ。

そして部屋の中には、うじゃうじゃとスケルトンソルジャーが集まっていた。

これまで倒してきた数よりも多いかもしれない。

俺はしばらく考えたあと、皆に向かってこう言った。

「俺が正面から奇襲をかける。五つ数えたら、みんなも来てくれ」

「コウさん、それは奇襲ではなく正面突破というのではないでしょうか……？」

リリィが冷静なツッコミを入れる。

その横で、アイリスが納得したように頷いた。

「《神速の加護ＥＸ》を使うのね」

「よく分かったな」

「長い付き合いだもの。超高速で攻撃を仕掛ければ、それは確かに奇襲になるわ」

「そういうことだ」

「マスターさん、気をつけてね」

「ありがとうな、スララ。――じゃあ、行ってくる」

俺はそう告げると、曲がり角を飛び出した。

そのまま最後の部屋に駆け込むと同時に《神速の加護ＥＸ》を発動させた。

集中力が爆発的に高まり、思考が加速する。

まるで静止したような世界の中で、俺の身体だけが普段どおりに動く。

周囲に視線を巡らせる。

部屋の中には百匹以上のスケルトンソルジャーが待ち伏せていた。

この数ならば――いける。

俺はユグドラシルの枝を構えると、疾風になった。

「はあああああああああああああっ！」

枝を振るい、振るい、振るい、ひたすらに振るい続ける。

そして階段の手前で立ち止まると、《神速の加護ＥＸ》を解除する。

次の瞬間――止まっていた時間が流れ始めた。

ババババババババババババシュン！

百を超える光の華が、一斉に咲き誇る。

その光景は幻想的で美しい。

「……ふう」

これで全滅か？

いや、三匹だけ部屋の隅に残っていた。

「「「シャアアアアアアッ！」」」

スケルトンソルジャーたちはオリハルコンの剣を構えてこちらに殺到する。

俺はあえて動かない。

動く必要がないからだ。

「――ホーリーライトニング！」

後からやってきたリリィが、錫杖を振りかざす。

その先端から稲妻が迸《ほとばし》り、三匹のスケルトンソルジャーを消滅させた。

「リリィ、ナイスフォロー」

「ありがとうございます。……ちょっと、頑張りました」

リリィはこちらに駆け寄ってくると、ぺこり、と頭を下げた。

その後ろから、アイリスとスララもやってくる。

「これで第三階層も終わりね」

「マスターさん！　あとちょっとだよ！　がんばろうね！」

「ああ、そうだな。とりあえず俺の魔力が回復するのを待つあいだに作戦会議をしておこうか」

第十七話　エルダーリッチを討伐してみた。

エルダーリッチはこの迷宮の最深部、つまり第四階層に潜んでいる。

目の前の階段を下りれば決戦だ。

ただ、懸念事項が少しだけ残っていた。

エルダーリッチもアンデッドの一種だから、当然、無限に等しい再生能力を持つのだろう。

かなり大きな力を持っているようだし、もしかしたら光の最上位浄化魔法であるホーリーライトニングも通用しない可能性がある。

ユグドラシルの枝による強制浄化プロセスはどうだろう？

だが、これはあくまでスケルトンソルジャーを倒すために用意されたものだ。

はたしてエルダーリッチに通用するのだろうか？

俺の疑問に対する【フルアシスト】の回答は次のようなものだった。

強制浄化プロセスはアンデッドの種別ごとに用意されます。

エルダーリッチに対して強制浄化プロセスを実行するには、推定で六十秒程度の構築時間が必要となります。


六十秒もかかるのか。

戦闘中ということを考えると、ちょっと長すぎるな。

……と思っていたら、さらに【フルアシスト】が囁《ささや》きかけてくる。

それによると、エルダーリッチに対して【鑑定】を行う、あるいはホーリーライトニングで攻撃を仕掛けることにより、合計で二回、強制浄化プロセスの構築時間を短縮できるらしい。

いいことを聞いた。

だったら、そのあたりを前提にして作戦を立てよう。


俺たちは簡単に作戦会議を済ませると、階段を下りることにした。

先に進むにつれ、空気がひんやりと冷たくなってくる。

不気味だな……。

階段の出口が見えてきたところで、俺は言った。

「そろそろだ、作戦どおりにいくぞ」

「ええ、任せて」

「頑張ります……！」

「みんな、気をつけてね！」

スララはひとまずここで待機だ。

後方からスケルトンソルジャーの増援が来た場合に備えて、見張り役を頼んでいる。

俺はアイリス、そしてリリィと視線を交わした。

三人で小さく頷《うなず》き合って、階段を駆け下りる。

第四階層に辿《たど》り着いた。

そこはゴツゴツした岩肌に囲まれた小さめの礼拝堂になっていた。

奥には大きな祭壇があり、床には赤色の塗料で怪しげな魔法陣が描かれている。うっすらと光を放っているので、何らかの儀式の途中だったのかもしれない。

魔法陣の中央には、闇色の法衣を纏《まと》った骸骨——エルダーリッチが立っていた。

大きく両手を広げ、身体を仰《の》け反《ぞ》らせながら天を仰いでいる。

まるで何かを呼び寄せようとするかのような姿だった。

これがゲームだったらスキップ不可のイベントムービーやらボスとの会話イベントが挟まるのだろうが、これはノンストップの現実だ。

先手必勝、不意打ち上等だ。

「リリィ！」

「——ホーリーライトニング！」

作戦の一環として、リリィには階段を下りる途中から詠唱を始めてもらっていた。

エルダーリッチが第四階層にいることは分かっているわけだし、わざわざ戦いが始まってから詠唱を行う必要はない。先に済ませておけばいい。

リリィの錫杖《しゃくじょう》が白銀の輝きを放った。

いきなりの魔法発動に、エルダーリッチは一瞬だけ狼狽《ろうばい》したように動きを止めたが、すぐさま我に返ると後ろに飛び退《の》き、早口で何事かを呟《つぶや》いた。

それは人間に理解できないはずの言語だったが、【フルアシスト】の効果により翻訳がなされ、その意味が俺の脳内に流れ込んでくる。

『闇よ、輝くものすべてを堕《お》とす雷霆《らいてい》となれ――ダークライトニング』

エルダーリッチの右手から、漆黒の稲妻が放たれる。

だが先に相手へと到達したのは、その前に発動していたリリィのホーリーライトニングだった。

エルダーリッチの全身を白銀の閃光《せんこう》が打ち据える。

「ガアアアアアッ！」

絶叫が礼拝堂に響き渡った。

エルダーリッチがよろめき、姿勢を崩す。

だが致命傷には至らなかったらしく、エルダーリッチは依然として存在していた。

ある意味、予想どおりの展開だ。

直後、今度はこちらに黒い稲妻が迫る。

「アイリス！」

「任せて！」

アイリスはすでに竜神の盾を構えていた。

付与効果の《竜神結界EX》が発動する。

俺たちを包むように光の壁が現れ、黒い稲妻を弾《はじ》く。

その数秒後、脳内に声が聞こえた。


光魔法『ホーリーライトニング』をエルダーリッチに使用した場合のデータ解析が完了しました。強制浄化プロセス構築までの所要時間が二十四秒に短縮されます。


もともとの所要時間は約六十秒だったから、半分以下になったわけか。

これはかなり助かる。

だったら、ここでもう一押しだ。

俺は【鑑定】を発動させる。

エルダーリッチ：大災厄『虚《うつ》ろなる暴食竜』の血肉から生み出された最高位のアンデッド。『不死王の儀式』によって召喚される。暴食竜を崇《あが》める闇の司祭であり、『暴食の儀式』を執り行う。

災厄から生み出されたアンデッドだって？

それなら確かに、この強さも納得だ。

説明文には『大災厄』や『暴食の儀式』といった不吉なフレーズが並んでいるが、検討するのは後でいい。今はエルダーリッチの討伐が最優先だ。

【鑑定】の実行により、プロセス構築までの時間がさらに圧縮され、十秒を切った。

あと少しだ。

一方、エルダーリッチはすでに体勢を立て直していた。

全身から赤黒いオーラが立ち上る。

『オオオオオオオオオオオッ！　暴食竜よ！　我に力を与えたまえ！』

次の瞬間、ゴゴゴゴゴゴ……と礼拝堂全体が揺れ始めた。

「コウ！　これ、なんだかまずくない!?」

「ものすごい邪気を感じます……！」

アイリスとリリィが同時に声をあげる。

二人の表情には焦りの色を浮かんでいた。

エルダーリッチは今までになく凶悪な気配を漂わせている。

……このままだと、何か、取り返しのつかない事態が起こるかもしれない。

解析完了まで、あと三秒。

俺はユグドラシルの枝を構える。

それだけでアイリスは次にすべきことを察してくれた。

《竜神結界ＥＸ》が解除され、光の壁がサッと消える。

「行くぞ」

俺は地面を蹴って走りだした。

《神速の加護ＥＸ》を瞬間的に発動させ、一息でエルダーリッチに接近する。

ちょうどそのタイミングで【フルアシスト】の声がした。


アンデッド名『エルダーリッチ』に対する強制浄化プロセスが構築されました。

今だ。


「はあああああああああああああっ！」

俺は全身全霊の力を込め、エルダーリッチにユグドラシルの枝を叩《たた》きつける。

緑色の閃光が、大きく弾けた。

断末魔の叫びが礼拝堂に響き渡る。

「グウウウウウウオオオオオオ！」

さすがにスケルトンソルジャーのときのように即死とはいかなかったが、エルダーリッチの身体がサラサラと粒子に変わり、光の中へと融《と》けていく。

やがて完全に消滅し、後には闇色の法衣だけが残った。

討伐、完了だ。

これで無事にすべてが解決した……と思いたいところだ。

「……ふう」

戦いが終わって一息ついていると、無機質な声が聞こえた。

エルダーリッチの討伐により、黒死の呪詛《じゅそ》が解呪されました。


どうやらメイヤード伯爵の呪いも解けたようだ。

それは素直に喜ばしい。

スリエが死の街にならなくて、本当によかった。

さらに脳内の声は「今回の経験値取得によりレベルが99になりました」と告げてくる。

エルダーリッチはなかなかの強敵だったが、そのぶん、経験値も大量に手に入ったらしい。

もともとのレベルは95だったから、一気に四つも上がったことになる。

ついに9が二つ並んだわけだが、これでカンストなのだろうか？

あるいは１００の大台に突入するのか。

正直、かなり気になるところだ。

そんなことを考えていると、アイリスとリリィが声をかけてきた。

「作戦、うまくいったわね」

「コウさん、すごかったです」

「二人が協力してくれたおかげだよ。ありがとうな」

俺は右手をグーにして軽く掲げる。

するとアイリスとリリィも同じように右手を掲げた。

コツン、と互いに拳を合わせる。

なんだか愉快な気分になって、三人揃《そろ》ってクスッと笑う。

そこに、戦いが終わったことを察してか、スララがぴょこぴょこと階段を下りてくる。

「マスターさん、おつかれさま！　アイリスおねえさんと、リリィおねえちゃんも、おつかれさま！」

「スララも見張りありがとうな。敵は来なかったか？」

「うん、だいじょうぶだったよ！」

ということは、やはりスケルトンソルジャーは全滅したのだろう。

「あら……？」

ふと、アイリスが不思議そうに声をあげた。

「どうした？」

「ちょっと思ったんだけど、エルダーリッチって、たぶん、この地下施設を根城にしていたのよね」

「おそらく、そうだろうな」

「第四階層までの出入りって、どうしていたのかしら」

「……ふむ」

言われてみれば確かに謎だな。

空間転移の魔法でも使っていたんじゃないかと思うが、エルダーリッチも俺たちと同じように、第一階層の迷路や、第二階層の罠《わな》に挑んでいた可能性もある。

迷路で迷子になるエルダーリッチ。

天井が落ちてくるタイルを踏まないように忍び足で歩くエルダーリッチ。

魔導レーザーに焼かれないように全力疾走するエルダーリッチ。

絵面《えづら》を想像すると少し笑えてくるな。

冗談はさておき、エルダーリッチといえば【鑑定】の説明文に気がかりなことが書かれていた。

――暴食竜を崇める闇の司祭であり、『暴食の儀式』を執り行う。

俺たちがこの第四階層に足を踏み入れたとき、エルダーリッチは何かの儀式を進めているような雰囲気だった。

もしかするとそれが『暴食の儀式』だったのかもしれない。

床の魔法陣を見れば、いつのまにか光を失っていた。

これは、儀式が中断された……という解釈でいいのだろうか？

不安だな。

そう思っていると【フルアシスト】が起動し、こんなふうに提案してきた。

魔法陣の解析を行いますか？

解析を開始するには、魔法陣に触れてください。

もちろん答えは「はい」だ。

嫌な予感がするし、解析を実行すべきだろう。

俺は魔法陣のそばまで歩くと、地面に片膝をついた。

「よっ……と」

右手の指先で、魔法陣に触れる。

すると、銀色の光がパアアアアアアアアアアッと広がり、魔法陣を包んだ。

「……きれいね」

アイリスが、思わず、といった雰囲気で言葉を漏らす。

「なんだか暖かい感じがするわ」

「コウさん、何をしているんですか？」

「魔法陣の解析だな。エルダーリッチはここで何か儀式をやっていたらしい」

俺がリリィの言葉に答えると、その横でくるくると踊っていたスララがピタッと動きを止めた。

「マスターさんだけを働かせるわけにはいかないよ！　ぼくも何かするね！」

何かって、何をするつもりだろうか。

スララは周囲をキョロキョロと見回していたが、やがて「あっ！」と声をあげ、礼拝所の奥にある祭壇へと向かった。

「マスターさん！　祭壇から、この施設のシステムにアクセスできるみたい！　所有権を書き換えられないか試してみるね！　ぴぴぴ！」

つまり施設を乗っ取るということだろうか？

スララって、なかなか多機能だな。

さすが古代文明生まれの魔導生物、というべきかもしれない。

それから三十秒ほどで魔法陣の解析が終わった。

解析結果と、それに付随する【フルアシスト】の補足情報がまとめて俺の脳内にインストールされる。

今回の情報量はいつになく多かった。

おかげで一瞬だけクラッとめまいがした。

「……なるほどな」

俺は右のこめかみを押さえながら呟く。

「コウ、大丈夫？」

「コウさん、大丈夫ですか？」

アイリスとリリィが心配そうに駆け寄ってくる。

「問題ない。――それより、ここで行われていた儀式について分かった」

「もう解析が終わったの？　さすがコウ、早いわね」

「教えていただいて、よろしいですか？」

「もちろんだ。聞いてくれ」

俺は頷いて説明を始める。

地下迷宮礼拝所では、どうやら、三つの儀式が順番に行われていたようだ。

名前はそれぞれ『不死兵の儀式』『不死王の儀式』『暴食の儀式』という。

不死兵の儀式はスケルトンソルジャーを、不死王の儀式はエルダーリッチを召喚できる。

「この二つを実行したのは、災厄教の信者だな」

四千年前、信者たちは自らを生贄《いけにえ》にして二つの儀式を完遂させたらしい。

そうして百体を超えるスケルトンソルジャーと、一体のエルダーリッチが召喚された。

スケルトンソルジャーたちの役割は、礼拝所の防衛。

エルダーリッチの役割は、三つ目の儀式となる『暴食の儀式』の遂行だ。

これは非常に長い時間がかかるものであり、エルダーリッチは数百年に一度、地上に出ては黒死の呪詛で生贄の魂を集め、今日までずっと『暴食の儀式』を進めていたらしい。

四千年も働きづめなんて、人間なら過労死しているぞ。

いや、その前に寿命で死ぬか。

「ともあれ、竜人族や戦神教の記録に残っているエルダーリッチも、たぶん、こいつだろうな」

「つまりコウは、これまでエルダーリッチの犠牲になった人たち全員の仇《かたき》を討った、ってことね」

「コウさん、すごいです……」

リリィが感嘆の声をあげる。

黒死の呪詛による犠牲者は、一回あたり数万から数十万人を超えているそうなので、犠牲者の数を合計すれば一億に届くかもしれない。

「問題は『暴食の儀式』だな。これは大災厄と呼ばれる存在を召喚するための儀式らしい」

「大災厄？　災厄じゃないの？」

アイリスが不思議そうに声をあげる。

一方、リリィは何かを思い出したらしく、何度か瞬《まばた》きしてからこう言った。

「災厄を超える災厄が存在する、という話は、以前に聞いたことがあります。もしかして、それが大災厄ですか？」

「ああ、そのとおりだ。よく知ってるな」

俺は頷く。

「暴食の儀式によって召喚される『虚ろなる暴食竜』は黒竜以上の力を持つらしい」

「黒竜よりも強いなんて、もう、訳が分からないわね……」

アイリスが嘆息する。

「そんなのが地上に現れたら、大変なことになるわ」

「召喚は、止められたんですか？」

「……どうだろうな」

俺は言葉を濁す。

エルダーリッチは儀式の仕上げとして、黒死の呪詛をメイヤード伯爵に植え付けた。

本来ならばスリエの人々は死に絶え、その魂はすべて暴食竜に捧《ささ》げられていたはずだ。

だが、俺たちがエルダーリッチを討伐したことで黒死の呪詛は消え去り、儀式も中断された。

暴食竜の召喚は起こらない……と考えたいところだが、この点について【フルアシスト】は回答を保留していた。

【フルアシスト】が明確な答えを返してこないのは今回が初めてだ。

「不吉だな」

俺がそう呟いた矢先、グラグラ、グラグラ、と断続的に地面が揺れた。

天井からパラパラと砂粒が降ってくる。

「……地震ね」

アイリスは視線を頭上に向けた。

「昨日も揺れてたわよね」

「なんだか、胸騒ぎがします……」

リリィは不安そうにあたりを見回している。

そのときだった。

突如としてキィィィィィィィィンという鋭い金属音が鳴り響き、【アイテムボックス】から魔法陣が現れた。

魔法陣の中から、銀色の大剣がヌッとひとりでに現れる。

「グラム……？」

俺は思わず声をあげる。

どうして【アイテムボックス】から勝手に出てきたのだろう。

その疑問に応えるように、脳内に無機質な声が響いた。

暴食竜の復活を感知しました。魔剣グラムの《竜殺しS＋》が発動します。

第十八話　大災厄と戦ってみた。

俺はグラムを手に取ると、魔法陣から引き抜いた。

再び、銀の刃《やいば》からキィィィィンという金属音が鳴る。

それに呼応するように、アイリスの持つ竜神の盾も同じような音を響かせ、激しく振動した。

「きゃっ!?」

アイリスは驚いたような声をあげたが、すぐにすべてを察したらしく、俺のほうを向いた。

「ねえコウ、これってもしかして――」

「ああ。暴食竜が来る」

「おぞましい気配を、感じます……」

リリィはゴクリと息を呑《の》んだ。

その顔は蒼褪《あおざ》め、身体はかすかに震えている。

「まるで、魂を削られるような……」

「大丈夫か？」

「はい、なんとか……」

リリィは何度か深呼吸を繰り返すうちに落ち着きを取り戻したらしく、気丈な表情で頷《うなず》いた。

「コウさん、地上に戻りましょう」

「そうだな。急いで引き返そう」

俺がそう答えた直後、祭壇のほうでスララが声をあげた。

「マスターさん！　この施設の所有者をぼくに書き換えたよ！　地上までの転移装置を使うから、ぼくの近くに来てほしいよ！」

ナイスだ、スララ。

渡りに船とはこのことだ。

俺はすぐに祭壇のところへ駆け寄った。

アイリスとリリィもついてくる。

「ぼくにさわってね！」

スララの声に従って、俺たちはその身体に触れる。

ひんやりとして気持ちいい。

「いくよ！」

スララの声と同時に、全身が浮遊感に包まれた。

周囲の風景がぐにゃりと歪《ゆが》み――俺たちは山の麓《ふもと》に立っていた。

「一瞬だったわね……」

アイリスが驚きの声をあげる。

「エルダーリッチも転移装置を使っていたのかしら」

「かもしれないな」

俺はそう答えながら空を見上げた。

時間帯としては昼過ぎで太陽も出ているのだが、なぜか夜のように暗い。

明らかな異常事態だ。
「コウさん、アイリスさん、あれを見てください……！」
リリィは右側を指さした。
山間《やまあい》の草原地帯に、まるでシャボン玉のような半透明の球体が浮かんでいた。
かなり大きい。
直径は五十メートルを超えているだろう。
半透明の球体はドクン、ドクンと脈打つように震えながら、少しずつ膨張している。
やがて自らの重さに耐えかねたように落下を始めた。
地面にぶつかって、内側から弾《はじ》ける。
グラムと竜神の盾が、警告を促すように激しい金属音を発した。

——そして、大災厄が現れる。

「RUUUUUUUUUYAAAAAAAAAAAAAAAAAAAA！」
それは異様なまでにカン高い、歌うような鳴き声だった。
一般的に「竜の咆哮《ほうこう》」と言われてイメージするものとは、あまりにもかけ離れている。
暴食竜の姿もまた、竜と呼ぶにはあまりに異様なものだった。
翼も、牙も、持っていない。
あえて地球の生物にたとえるならばオウムガイに近い。

骨のような甲殻を背負い、前方の顔らしき部分からは無数の触手が伸びている。

「マスターさん、あれって、竜なのかな……？」

スララが困惑したように呟《つぶや》く。

俺も同じ気持ちだった。

あんなものを竜と呼んでいいのだろうか。

困惑の気持ちを抱えつつ、【鑑定】を発動させる。


虚《うつ》ろなる暴食竜（不完全態）：この世界の〝外側〟より飛来した大災厄の竜。あらゆる生命にとっての天敵である。『暴食の儀式』が中断されたため不完全態での復活となった。


説明文の内容から考えるに、俺たちがエルダーリッチを討伐したことは、決して無駄ではなかったのだろう。儀式を中断したことで、少なくとも、完全態での復活は避けられた。

問題は、暴食竜を倒せるかどうかだ。

ここで俺が逃げ出せば、スリエは間違いなく壊滅するだろう。

そんな後味の悪い結末はお断りだ。

やれるだけのことを、やるしかない。

俺がグラムを握り直すのと同時に、暴食竜が鳴き声をあげた。

「RAAAAAAAAAAARUUUUUUUUUU！」

暴食竜の巨体が、砂塵《さじん》を巻き上げながら移動を開始する。

よく見れば、殻の下面にはムカデのような足が何百本と生えている。

暴食竜は俺たちのほう……ではなく、スリエの方角へ向かっていた。

アイリスが叫ぶ。

「コウ、街が危ないわ！」

「分かってる！」

俺は【アイテムボックス】からデストとグランド・キャビンを呼び出した。

「ゴ用事デスカ、マスター！」

「皆を乗せて、あの怪物を追いかけてくれ。全速力だ」

「承知シマシタ！」

「マスターさんはどうするの？」

スララの問い掛けに、俺は左手で【アイテムボックス】からフライングポーションを取り出しながら答える。

「先行して暴食竜を足止めする」

俺はフライングポーションを一気飲みすると《風の加護S＋》を発動させた。

空へと舞い上がり、全速力で暴食竜を追いかける。

「とにかくこっちに注意を向けさせないとな……！」

俺はグラムを右肩で担ぐように構えると、その刃に魔力を込めた。

《戦神の斬撃S＋》が発動する。

「はあああああああああああああっ！」

剣を振り下ろす。

斬撃の軌道をなぞるようにして、銀色の閃光《せんこう》が放たれた。

それは暴食竜の背中を覆う甲殻に直撃した。

甲殻に大きな亀裂が走り、虹色の体液がまるで噴水のように噴き出す。

「RAAAAAAAAARUUUUUUUUU！」

暴食竜は悲鳴のような声をあげると、ズザザザザザ……と砂煙を立てながら減速し、Uターンしてこちらを振り向いた。

思ったより簡単に足止めできたな。

「RUUUUUUUUUUYAAAAAAAAAAAAA！」

暴食竜の触手が、次々にこちらを向いた。

触手の先端はどれも口のような構造になっており、ギザギザの歯が上下に生えている。

無数の口が大きく開かれ――一斉に、闇色の熱線を放った。

熱線の数は何百、いや、何千を超えている。

まるで闇色の壁が迫ってくるような光景だった。

「くっ……！」

俺は《神速の加護EX》を発動させると、一気に高度を上げて熱線を回避する。

危なかった。

発動が一瞬でも遅れていれば、熱線の直撃を食らっていただろう。

さて、今度はこっちの番だ。

高度を下げながらグラムを構え直す。

残りの魔力はおよそ八割、そのうちの二割を《戦神の斬撃S＋》に注ぎ込む。

「はあああああああああああああっ！」

気合と共にグラムを振り下ろせば、銀色の斬撃が放たれ、暴食竜の触手をまとめて切り落とした。

切断面という切断面から虹色の体液が噴き出し、まるで大雨のように草原へと降り注ぐ。

その一帯はジュウという音をたてて焼け野原に変わった。

強酸なのか猛毒なのかは不明だが、どうやら暴食竜の体液はかなり危険なシロモノらしい。

それはさておき——

現在のところ、戦いは俺の優勢で進んでいた。

暴食竜はすでに満身創痍《まんしんそうい》だ。

背中の甲殻は大きく罅《ひび》割れているし、触手も半分以上が切り落とされている。

可能ならばこのまま押し切りたい。

「ＲＡＡＡＡＡＡＡＡＡＡＲＹＵＵＵＵＵＵＵＵＵＵＵＵＵＵＵ！」

暴食竜が歌うような声をあげた。

同時に、ボコ、ボコボコボコ、と触手が再生を始める。

「厄介だな……」

俺は思わず呟く。

長期戦になる前に、一気に片付けるべきかもしれない。

俺は五割の魔力を捧《ささ》げて《戦神の斬撃S＋》を発動させた。

「おおおおおおおおおおおおおおおおっ！」

天を貫くほど巨大な光の剣となったグラムを、暴食竜に向けて叩《たた》きつける。

この一撃で決める。

……つもりだった。

「REEEEEEEEEEEYAAAAAAAAAAAAAAAA！」

暴食竜がこれまでにない高音で鳴き声を発すると、その身体がスウッと半透明になった。

光の斬撃はそのまま暴食竜の身体をすり抜け、地面に直撃する。

轟音《ごうおん》と共に巨大なクレーターが生まれた。

だが、肝心の暴食竜には傷ひとつついていない。

「どうなってるんだ……？」

俺が戸惑いの声をあげているうちに、触手はすべて再生を終えていた。

暴食竜は半透明の状態のまま、何千本という触手を持ち上げ、熱線を放った。

「くっ……！」

俺は《風の加護S＋》を駆使し、熱線と熱線のあいだを曲芸のように掻《か》いくぐる。

それでも避《よ》けきれないと判断したところで《神速の加護EX》を発動させた。

安全を確保するため、大きく後退し、暴食竜と距離を取る。

残りの魔力は一割を切っていた。

「これ以上の無駄遣いはできないな……」

俺はそう呟きながら半透明の暴食竜を見据える。

そのときだった。

暴食竜の姿が、パッ、と消え失《う》せた。

「なっ……！」

背後に殺気を感じて振り返る。

すると、至近距離に暴食竜の姿があった。

「ＲＵＵＵＵＵＵＲＡＡＡＡＡＡＡＡＡＡＡＡＡＡ！」

半透明の状態を維持したまま、一本の触手をこちらに向けて叩きつけてくる。

俺はすぐさま《神速の加護ＥＸ》を発動させ、回避行動を取ろうとした。

しかし、どういうわけか身動きがまったくできない。

まるで泥の沼に沈められたかのような感覚だった。

そのうちに魔力が尽き、《神速の加護ＥＸ》が解除される。

半透明の触手は、しかし、俺の身体をすり抜けることなく直撃した。

「がっ……！」

弾き飛ばされるような感覚があった。

俺はアーマード・ベア・アーマーの上に、フェンリルコートを重ね着している。

さらに両腕には黒蜘蛛《くろくも》の籠手《こて》を嵌《は》めているため、防御力としては非常に高い。

おかげで身体にダメージはなかったが、風のコントロールを失い、そのまま地面に叩きつけられる。俺は咄嗟《とっさ》に【器用の極意】を発動させ、転がるようにして激突の衝撃を受け流した。

左腕を見れば、黒蜘蛛の籠手が半壊していた。

グラムは俺の手になく、かなり遠くの地面に突き立っている。

どうやら触手に殴りつけられたときに手放してしまったらしい。

「……反則だろう」

こちらの攻撃はすり抜けるのに、相手からの攻撃は当たる。

意味が分からない。

直後、【フルアシスト】の無機質な声が聞こえてきた。


虚ろなる暴食竜の固有能力について解析が完了しました。

【空間操作】と推定されます。


いったいどんな能力なんだ？

俺の疑問に答えるように、情報が流れ込んでくる。

どうやら暴食竜は周囲の空間に対して干渉することで、さまざまな現象を引き起こせるらしい。

半透明になることで敵の攻撃をすり抜けたり、短距離のワープを行ったり、あるいは周囲の空間を固定することで相手の動きを封じたり――。

ただし有効範囲には制限があり、こちらが暴食竜から距離を取っていれば、身動きを封じられることはないようだ。

幸い、暴食竜の追撃はなかった。

こちらにクルリと背を向けると、スリエに向かって移動を再開していた。

――どうする？


暴食竜は【空間操作】を持つ。

あの力が存在する限り、俺が再戦を挑んだところで結果は変わらない。

さっきと同じ、返り討ちだ。

最悪、命を落とす可能性だってある。

ただし、幸運なことに暴食竜は俺よりもスリエを襲撃することを優先していた。

暴食竜を刺激しなければ、逃げることは充分に可能だろう。

スリエの街を見捨てることになるが、自分が死んでしまっては意味がない。

現実的に考えるなら撤退すべき状況といえる。

「それは、分かってるんだけどな」

【手品】持ちの衛兵とか、キャルとか、トランペットの演奏に拍手してくれた人たちとか――。

彼らが殺されるのは、嫌だ。

ここで逃げたら後味が悪いなんてレベルじゃない。

一生、ずっと後悔する。

だったら答えはひとつだ。

俺は立ち上がる。

こっちは、まだ、すべての手段を尽くしたわけじゃない。

使っていないアイテムもスキルも山ほど残っている。

片っ端から試していけば、あるいは、【空間操作】を突破する糸口が見つかるかもしれない。

諦めるものか。

どれだけ返り討ちに遭っても、かならず暴食竜を倒してみせる。

そう決意した瞬間、全身を、黄金色の暖かな光が包んだ。

「何だ、これは……？」

俺はその輝きに覚えがある。

以前、黒竜との戦いで俺を助けてくれたものだ。

無機質な声が聞こえてくる。


ユグドラシルの弓の封印が解除されました。

20％の出力で使用可能です。


同時に、魔力が全身に満ちた。

MP換算で5万、10万、20万――上限値を超えて増加していく。

その勢いは、前回よりも凄まじい。

あっというまに1000万を突破して1億に至る。

「これなら、暴食竜に勝てるか……？」

俺は【アイテムボックス】からユグドラシルの弓を取り出した。

弓は緑色の神々しい光を放っている。

手に握ると【フルアシスト】の声が聞こえた。

ユグドラシルの弓を使用するには【戦神の巫女《みこ》】の魔力が必要となります。

これにより、暴食竜の【空間操作】を無効化できます。


「【戦神の巫女】……リリィと合流すればいいのか？」

俺がそう呟いた直後、目の前で、グランド・キャビンが砂煙をあげて停車した。

ナイスタイミングだ、デスト。

流れがこっちに来ていることを感じる。

「ゴ無事デスカ、マスター！」

「ああ、大丈夫だ。それより暴食竜を追いかけてくれ。全速力で頼む」

俺はデストにそう告げると《風の加護S＋》を発動させ、グランド・キャビンの屋根に飛び乗る。

そこにはアイリス、リリィ、スララの姿があった。

「コウ、大丈夫？　というか、なんだかキラキラしてるわね……？」

「まあ、色々あったんだ」

俺もうまく説明できないので、曖昧《あいまい》な言葉で答えておく。

「マスターさん、ピカピカして格好いいね！　あっ、左腕の籠手、壊れてるよ！　ケガしてない？」

「大丈夫だ。俺の身体は頑丈だからな」

俺はそう答えると、壊れた籠手を【アイテムボックス】に収納する。

「コウさん。弓の封印、解けたんですね」

リリィは思い詰めた表情を浮かべ、ユグドラシルの弓をジッと見ている。

……どうしてこんなに悲愴《ひそう》な雰囲気を漂わせているのだろう。

「使い方は理解しています。小さい頃から【予知夢】で何度も見ました」

「それなら話が早い。魔力を――」

「今日までありがとうございました。コウさんに、私の命を捧げます」

「……は？」

想定外の発言に、俺は少し戸惑ってしまう。

「命じゃなくて、魔力が欲しいんだけどな」

「えっ？」

リリィは呆気《あっけ》にとられたような表情を浮かべると、何度もパチパチと瞬《まばた》きを繰り返した。

それから我に返って、こう言った。

「す、すみません。さっきの発言は勘違いです。忘れてください……」

いや、さすがにその言い訳は強引すぎないか？

とはいえ、今はそれどころじゃない。

暴食竜の討伐こそが最優先だ。

俺の意思に応えるように、無機質な声が「【戦神の巫女】と共に弓を構えてください」と伝えてくる。

「リリィ、細かい話は後にしよう。反対側から一緒に弓を引いてくれ」

「分かりました。……そこは、夢と同じなんですね」

リリィは意味深なことを呟くと、俺の右側に回った。

そうして二人で弓を構えようとしたが、俺とリリィでは身長差がありすぎる。

これではリリィの背が届かない。

幸い、フライングポーションの効果はまだまだ続いている。

俺は《風の加護S＋》を発動させると、その効果範囲にリリィを含め、ふわりと持ち上げた。

「ありがとうございます、コウさん」

「構わないさ。……いくぞ」

「はい！」

互いに視線を交わし、左右からひとつの弓を構える。

するとリリィの身体から銀色の光が溢《あふ》れ、矢の形になった。


災厄殺しの矢を召喚しました。

大災厄『虚ろなる暴食竜』に対して、強制処断を開始します。


そんなメッセージが脳内に響く。

同時に、前方で暴食竜が怯《おび》えたような鳴き声をあげた。

「RUUUUUUUUUUUUUYAAAAAAAAAAAAAAAAAA！」

おそらく、矢の存在が自分にとって不都合であることを理解しているのだろう。

暴食竜はそのままの速度でスリエに向かいつつも、何本もの触手をこちらに向け、熱線を連続で撃ち放つ。

「アイリス！」

「任せて！」

アイリスは竜神の盾を掲げ《竜神結界ＥＸ》を発動させる。

光の壁がグランド・キャビンを包み、熱線をすべて遮断した。

「コウさん、今です！」

「ああ！」

俺たちは呼吸を合わせ、災厄殺しの矢を放つ。

矢はきらめくような輝きを纏《まと》い、銀色の流星となった。

「ＲＡＡＡＡＡＡＡＡＡＡＲＵＵＵＵＵＵＵＵＵＵＵＵＵ！」

暴食竜は鳴き声をあげると【空間操作】を発動させた。

全身の輪郭がぼやけて半透明になる。

そこに、銀色の流星が直撃した。

閃光が弾け、脳内に声が響く。

災厄殺しの矢により【空間操作】が無効化されました。

「ＲＹＵＵＵＵＵＵＵＵＵＵＵＵＵ！」

暴食竜が悲鳴のような鳴き声を発した。

【空間操作】が封じられたことで、半透明の状態は解除されている。

背中の甲殻は大きく抉《えぐ》れ、傷口からは虹色の血液が噴き出していた。

「すごい威力、ですね……」

リリィがゴクリと息を呑んだ。

その身体はいまだ《風の加護Ｓ＋》によって宙に浮いたままだ。

俺はリリィをゆっくり着地させると、ユグドラシルの弓を【アイテムボックス】に収納した。

災厄殺しの矢により、状況はこちらに傾いた。ここは一気に攻め立てるべきだろう。

黄金色の輝きはいまも俺の全身を包んでおり、魔力はＭＰ換算で10兆を超えている。

「……あれが使えるな」

【災厄召喚】――討伐済みの災厄を召喚し、使役するためのスキルだ。

発動にはＭＰ換算で２０００万の魔力を必要とするが、今の俺にとっては大した負担にならない。

意識を集中させて【災厄召喚】の発動を念じる。

左手の甲がカッと熱くなり、そこに真紅《しんく》の紋章が浮かんだ。

紋章は、竜の顔を正面から象《かたど》ったような形をしている。

やがて頭の中に言葉が浮かんできた。それは黒竜を召喚するための呪文だった。

俺は左手の紋章を高く掲げて詠唱する。

「――我が声に応えて冥府《めいふ》より来たれ。かつて炎帝竜と呼ばれしもの、即ち、極滅の黒竜よ」

紋章が激しい輝きを放つ。

空に巨大な魔法陣が浮かび、ものすごい勢いで黒い球体が飛び出した。

球体は激烈なスピードで暴食竜にぶちあたると、その巨躯《きょく》を山のほうへと弾き飛ばす。

直後、球体が砕け散って、極滅の黒竜が姿を現した。

「グゥゥゥゥゥゥゥゥゥオオオオオオオオオオオオオッ！」

黒竜は牙を剥《む》き、荒々しく両翼を広げると、激しく咆哮する。

空気が震え、大地が揺れた。

まるで王者のような威圧感を漂わせながら、赤色の瞳をこちらに向けてくる。

その様子は、俺の指示を待っているかのようだった。

「コウ、あれって黒竜よね……？」

アイリスは驚きの表情を浮かべながら、茫然《ぼうぜん》と呟いた。

「ああ。俺がスキルで召喚した」

「マスターさん、すごい……」

スララがゴクリと息を呑む。

俺は改めて黒竜を見上げると、こう命じた。

「暴食竜を焼き尽くせ」

「ガアアアアアアアアアアアアッ！」

任せろ、と言わんばかりに咆哮をあげると、黒竜は口から火炎球を放った。

それは彗星《すいせい》のように赤い尾を引きながら暴食竜に激突し、大きな爆炎となって炸裂《さくれつ》する。

「RAAAAAAAAA……RUUUUUUUUU……！」

暴食竜は苦しげな呻き声を漏らすが、しかし、致命傷には至っていない。

無数の触手から熱線を放ち、黒竜へと反撃を試みる。

「グゥオオオオオ！」

黒竜は翼を大きく広げると、闇色のバリアのようなもので熱線をすべて弾き返し——それから、俺のほうをチラリと見た。

無機質な声が響く。

一、コウ・コウサカは【転移者】です。
二、コウ・コウサカの魔力は、現在、10兆を超えています。
三、コウ・コウサカは【災厄召喚】によって極滅の黒竜を召喚しています。
上記の条件をすべて満たしているため、【神技】が一時的に解放されます。

対災厄神技『レーヴァテイン』が使用可能です。


同時に、俺のすぐ目の前の空間がグニャリと歪んだ。

そこからヌッと姿を現したのは、さっき手放したはずのグラムだった。

「……グラムは意思を持つ魔剣と言われています」

リリィが呟く。

「きっと、コウさんに使ってほしいのだと思います」

グラムの気持ち（？）も分からなくはない。

いよいよ決着というときに置いてけぼりなんて、ちょっと寂しいよな。

俺は空間のゆがみからグラムを引き抜く。

同時に、レーヴァテインの発動方法が頭の中へと流れ込んでくる。

どうやらこの技を使うには、戦神の加護を受けた剣……つまりはグラムが必要らしい。

「自分の出番を察して、ワープしてきたってことか」

俺がそう言うと、グラムはまるで頷くように銀色の光を放った。

その輝きはいつも以上に力強く、頼もしい。

「行くぞ、グラム」

剣を右肩に担ぐようにして構えると、《風の加護S＋》を発動させ、空へと浮かび上がった。

遠くでは、黒竜と暴食竜の戦いが続いており、一進一退の膠着《こうちゃく》状態となっていた。

黒竜の火炎球も、暴食竜の熱線も、お互い、相手に決定打を与えられずにいる。

俺は黒竜のところに向かい、その横に並んだ。

「準備はいいな？」

「ガァッ！」

黒竜が短く吼《ほ》える。

俺は意識を集中させ、頭の中に浮かんできた言葉を口にする。

「終滅の炎よ、絶対の灼熱《しゃくねつ》にて災厄を浄化せよ。——レーヴァテイン」

それは神技を発動させるためのキーフレーズだ。

俺の身体の中で、何かがドクンと震えた。

そして黒竜が大きく咆哮した。

「グゥウゥウゥウゥウゥウォオオオオオオオオオオオオオオオオ！」

その巨体がだんだんと赤色の粒子へと分解され、グラムへと吸い込まれていく。

銀色の刀身が、真紅の輝きを発した。


対災厄神技『レーヴァテイン』、カウントダウンを開始します。
10、9、8、7、6、5、4——

「RAAAAAAAAAAAARUUUUUUUUUUU！」

暴食竜は焦ったように鳴き声をあげると、すべての触手をひとつに融合させ、極大の熱線を放つ。

消滅の危機を悟り、必殺の一撃を繰り出したのだろう。

だが、それは無意味に終わる。

俺の身体を包んでいた黄金色の光が大きく広がったかと思うと、巨大な光の盾になり、暴食竜の熱線を防いでいた。

今だ。
3、2、1——ゼロ。
「はあああああああああああああああああああっ！」

俺はグラムを高く掲げると、10兆を超える魔力を込めて——振り下ろす！

真紅の閃光が放たれた。

それは激烈な勢いで暴食竜へと襲い掛かり、全身を呑み込み、大きな爆発を引き起こす。

轟音が響いた。

烈風が吹き荒れる。

巨大な炎の柱が立ち上り、天空を赤く焦がす。

「RYUUUUUUUUYAAAAAAAAAAAAAAAAAAAAA!」

暴食竜の絶叫が響き渡る。

その巨躯は炎の中でだんだんと小さくなっていき……やがて、完全に消滅した。

空を覆っていた闇が晴れる。


俺の、勝ちだ。

第十九話　伯爵に報告してみた。

暴食竜を倒したあと、俺はゆっくりと地面に降り立った。

「ふう……」

今回はかなりの激戦だったせいか、疲労がひどい。

足から力が抜けて、その場に座り込む。

黄金色の光はしばらくのあいだ俺の周囲でキラキラと輝いていたが、やがて天に昇るようにして消え去った。

「……ありがとうな」

光の正体はよく分からないが、助けてもらったわけだし、お礼は言っておくべきだろう。

やがて無機質な声が「レベル108になりました」と伝えてくる。

108といえば除夜の鐘だな……と意味もないことを考えてから、ふと、気づく。

「レベル、三桁か」

どうやらレベル99で上限というわけではなく、その先もあるらしい。

無機質な声はさらに「【リミットブレイク】が解放されました」と告げた。

これはレベル100以上になると使えるスキルで、一時的に魔力容量を大きく引き上げることができる。効果はレベルの数値に比例して大きくなるようだ。

ただし連続使用はできず、一回ごとに二十四時間のクールタイムが必要となる。

たとえるなら、一日一回の必殺技……といったところか。

使い方によっては戦略の幅も大きく広がるし、スキルとしてはかなり有用といえる。

スキルといえば【災厄召喚】もチェックしておこう。

暴食竜を討伐したわけだし、召喚対象に追加されているのだろうか。

俺の疑問に応えるように【フルアシスト】が起動する。

虚《うつ》ろなる暴食竜の制御シークエンスに失敗しました。

暴食竜の本体は、世界の〝外側〟に逃れたと推定されます。

このため【災厄召喚】による召喚は不可能です。


「【フルアシスト】が失敗するなんて珍しいな」

さすが暴食竜、大災厄と呼ばれるだけのことはある……と思っていたら、【フルアシスト】がこう続けた。


追撃シークエンスにより、虚ろなる暴食竜から【空間操作】を奪い取ることに成功しました。

コウ・コウサカのスキルとして取得します。


は？


「【空間操作】がスキルになった？」

それは一体どういうことだ……と思っていたら、詳しい情報が脳内に流れ込んでくる。

どうやら魔力を消費することで、暴食竜とまったく同じ芸当ができるらしい。

攻撃の無効化、短距離ワープ、敵の拘束——ほとんど何でもアリの特殊能力だ。

「これ、めちゃくちゃ便利じゃないか？」

しかも暴食竜は【空間操作】を失っているわけだし、向こうがリベンジマッチを挑んできたとしても、今回より有利な状況で戦える。

「結果オーライどころか、こっちのボロ儲《もう》けだな」

制御シークエンスに失敗したはずだが、なぜか利益は非常に大きい。

ゲームのバグ技を発見したような気分だ。

そんなことを考えていると、向こうからデストがグランド・キャビンを引きながらやってきた。

「マスター！　オ見事デシタ！」

「迎えに来てくれたのか？」

「ハイ！　暴食竜ノ討伐、オ疲レサマデス！」

デストは少しずつ速度を落としてグランド・キャビンを停車させた。

その屋根にはアイリス、リリィ、スララが乗っていたが、車体後部の梯子《はしご》を使って地面に下りると、俺のところへ駆け寄ってくる。

「コウ、お疲れさま。立てる？」

「ああ、なんとかな」

俺は大きく息を吸い込むと、ゆっくりと地面から腰を上げる。

「暴食竜は倒した。とりあえず、ひと安心だな」

「二匹目の竜殺し達成だけど、気分はどう？」

「とにかく疲れたな。帰って休みたい」

「ふふっ、あなたらしい答えね」

アイリスはクスッと笑った。

釣られて俺も小さく笑う。

「ところでコウ、あのキラキラって何だったの？」

アイリスが言っているのは、黄金色の輝きのことだろう。

その正体は俺にもよく分からない。

二人揃《そろ》って頭に「？」を浮かべていると、リリィがおずおずと口を開いた。

「推測なら、できます。聞いてもらっていいですか？」

「もちろんだ。心当たりがあるなら教えてくれ」

「ありがとうございます」

リリィは小さく頭を下げると、話し始めた。

「戦神教の伝承だと、魂は黄金の光である……と言われています。もしかすると、あの光は暴食竜への生贄《いけにえ》として集められた人々の魂かもしれません」

「ぼくも、そう思うよ」

スララが真面目な表情で頷《うなず》いた。

「マスターさんがエルダーリッチを倒して儀式を中断させたから、生贄の人たちの魂も解放されて、その恩返しに力を貸してくれたのかもしれないよ」

「……なるほどな」

黄金色の光は、最後、天に昇るようにして消えていった。

エルダーリッチの犠牲になった人々の魂は無事に昇天した……と考えてもいいのだろうか。

視線を上に向ければ、雲一つない美しい蒼空《あおぞら》が広がっていた。


それから俺たちはグランド・キャビンに乗り込み、スリエに戻ることにした。

街までの距離はそう遠くない。

座席のソファでくつろいでいると、グランド・キャビンは城壁の手前でゆっくりと停車した。

天井の魔導スピーカーからデストの声が響く。

「マスター、街ニ到着シマシタ」

俺はアイリス、リリィ、スララを連れ、グランド・キャビンから降りる。

城門はかたく閉ざされていた。

まあ、当然だよな。

さっきまで街の近くでは黒竜と暴食竜が怪獣映画みたいなバトルを繰り広げていたわけだし、スリエの街としては防御を固めたくもなるだろう。

まあ、ここでしばらく待っていれば、城門も開くだろう。

俺はデストのところへ向かった。

「今日もありがとうな。ゆっくり休んでくれ」

「イエイエ！　オ役ニ立テテ光栄デス！　デハマタ！」

俺はデストの言葉に頷くと、グランド・キャビンごと【アイテムボックス】に収納した。

そうしていると城門が開き、中から見知った顔が近づいてくる。

【手品】持ちの若い衛兵だ。

「コウ殿、ご無事でしたか！　ああ、よかった……」

「ありがとう。街に被害はないか？」

「はい、そこはご心配なく。——そもそもの話なのですが、いったい何が起こっていたのですか？

自分は先ほどまで城壁の上から外の出来事を見ておりましたが、正直なところ、何がなんだか……」

衛兵の表情には混乱の色がありありと浮かんでいた。

どこから説明したものかな……と俺が思案していると、衛兵はハッと我に返ってこう言った。

「あっ、失礼いたしました。実はメイヤード伯爵がお待ちでして、今回のことについてコウ殿と仲間の皆様にお話を伺いたいそうです。よろしければ衛兵の詰め所までお越しいただけませんか？」

「俺は構わない。みんなはどうだ？」

「あたしも大丈夫よ。もともと伯爵からエルダーリッチ討伐の依頼を受けていたわけだし、依頼主への報告は必要よね」

「暴食竜についても、説明したほうがいいと思います」

「伯爵さん、元気になったかな？」

「反対意見はなさそうだな。──それじゃあ、伯爵のところまで案内してくれ」

「承知しました！　ご協力、感謝いたします！」

衛兵はそう言うと、ピシッと見事な敬礼をした。

俺たちは衛兵に連れられ、詰め所へと向かう。

建物に入って廊下をまっすぐに進むと、やがて、奥の談話室に辿《たど》り着いた。

「伯爵はこちらです。さあ、中へどうぞ」

衛兵はそう言ってドアを開けてくれた。

談話室に入ると、そこにはメイヤード伯爵の姿があった。

ソファから立ち上がり、俺たちのことを出迎えてくれる。

「おお、コウ殿！　よくぞ戻った！　無事でなによりだ。まあ、座ってくれ」

「ありがとうございます。お邪魔します」

俺がソファに腰掛けると、その左隣にアイリスが、右隣にリリィとスララが座った。

出入口のドアに視線を向ければ、衛兵は「では、自分はこれにて失礼いたします」と言い、ペコリと一礼してから部屋を出ていった。

メイヤード伯爵といえば、その顔色はまだ少し青いが、決して調子は悪くなさそうだ。

黒死の呪詛《じゅそ》が解けたことにより、身体も楽になったのだろう。

「コウ殿、まずは礼を言わせてくれ。エルダーリッチの討伐、ご苦労だった。貴殿がいなければ、儂《わし》だけでなく、スリエの民たちも命を落としていただろう。心から感謝する。ありがとう」

メイヤード伯爵はそう言うと、深く、深く、頭を下げた。

ここまで深く感謝されると、なんだか照れくさい気持ちになってくる。

「俺は、当然のことをしただけです。……それより、今回の件について報告させてください」

「おお、もちろんだとも。コウ殿がどのようにしてエルダーリッチを討伐したのか、その活躍ぶりをぜひ儂に聞かせてくれ」

メイヤード伯爵は興味津々の表情で頷くと、さらにこう続けた。

「街の外で暴れていた触手の怪物と、後から出現した黒い竜についても、詳しいことを知っているならば教えてほしい。儂は領主として事態を正確に把握せねばならんからな」

「分かりました。それでは、順を追ってお話しします」

俺はスリエを出発してからの出来事をひとつひとつ説明していく。

山の中で地下迷宮礼拝所を発見したことを伝えると、メイヤード伯爵は驚きの表情を浮かべた。

「なんと、そのようなものが我が領地にあったとは……。コウ殿、よくぞ見つけてくれた」

「いえ、今回はたまたまです。普段だったら見落としていたと思います」

「貴殿は謙虚だな。うむ。ますます気に入った」

メイヤード伯爵はニッと笑みを浮かべる。

「おっと、話を遮ってしまったか。すまん。地下迷宮礼拝所とはどのような場所だったのだ？」

俺はまず地下迷宮礼拝所の構造についてザッと説明し、そのあと、各階層をどのように攻略したのかを話すことにした。

「第一階層は巨大な迷路でしたが、すぐに突破できました。具体的な方法としては――」

「ハンマーで壁をガンガン壊して進んだのよね」

アイリスは両手を使い、ペタンペタンと餅《もち》をつくようなジェスチャーをした。

「ほほう、それは面白いな」

メイヤード伯爵はニッと笑うと、アイリスの動きをまねてペタンペタンと餅をつく動作を始めた。

……なんだかシュールな光景だ。

「古代文明の迷宮なら、儂も若いころに探索したことがある。あのときは道に迷って大変だったが、コウ殿がいれば容易に攻略できただろうな」

「それは、間違いないと思います」

リリィが頷いた。

「第二階層のトラップも、コウさんのおかげで苦労せずに済みました」

「第三階層にはアンデッドがうようよしてたけど、マスターさんがポポポポーンって退治してくれたんだよ！」

「さすがコウ殿、噂《うわさ》どおりの活躍だな。その勢いで第四階層のエルダーリッチも討伐したわけか」

「いえ、エルダーリッチはなかなかの強敵でした。皆の協力がなければ勝てなかったと思います」

俺はそう答えたあと、戦闘開始から討伐達成までの流れを説明した。

さて、これにて報告は完了……と言いたいところだが、重要な内容がまだ残っている。

暴食竜の復活と、その討伐だ。

改めて振り返ってみると、我ながらギリギリの勝利だったと思う。

運命の歯車が少しでもズレていたら、どうなっていたか分からない。

そういう意味じゃ俺はとても幸運なのだろう。

本当にありがたい話だ。

俺たちが今回の件についての報告を終えると、メイヤード伯爵はしみじみとした表情で呟《つぶや》いた。

「細かい部分はさておき、コウ殿はこの街を暴食竜から守ってくれた、ということか。……これは報酬を増額せねばならんな。明日の夕方までには計算を済ませ、見積もりを届けさせよう。それで構わんか？」

「はい、大丈夫です」

明日ならば、俺たちはまだスリエにいる。

見積もりを宿に届けてもらえば、夜には確認できるだろう。

メイヤード伯爵はニッと笑みを浮かべると、最後にこう言った。

「貴殿がいなければ暴食竜は完全な復活を遂げ、多くの者が犠牲になっていただろう。この恩は決して忘れん。今後、何か困ったことがあれば遠慮なく当家を頼ってくれ。いつでも力になろう」

エピローグ　みんなで打ち上げをしてみた。

翌日からしばらくのあいだ、俺たちはスリエに留《とど》まることになった。

というのも、今回の事件については冒険者ギルドのほうでも調査を行い、詳細な記録を残すことになったからだ。

「皆様、お疲れのところ申し訳ございません。将来、類似の事件が起こった場合に備え、調査にご協力いただけると幸いです」

スリエ支部の職員は俺たちの宿まで訪ねてくると、とても丁寧な態度で頭を下げた。

もちろん断る理由はない。

俺やアイリスは冒険者ギルドに所属しているわけだし、組織の一員として、情報提供を行うのは当然のことだ。

事件について証言するだけでなく、地下迷宮礼拝所の現場検証に立ち会ったり、一部、報告書の作成を手伝ったりもした。

結果としてスリエでの滞在期間を延長することになったが、その間の宿泊費は冒険者ギルドが負担してくれた。『五星亭《ごせいてい》』がこの街で一番の高級宿ということを考えると、ずいぶん気前のいい話だ。日本の企業も見習ってほしい。

なお、旅行の日程についてはスカーレット商会を通して再調整を行っている。

もともとスケジュールには余裕があったので、王都の表彰式に遅れることはなさそうだ。


最終的にすべての用事が済んだのは、滞在六日目の夕方だった。

俺たちは冒険者ギルドの建物から出ると、揃《そろ》って大きく伸びをした。

「やっと一段落だな」

「暴食竜との戦いより、こっちのほうが大変だった気がするわ」

アイリスが深いため息をつくと、その隣でリリィが頷《うなず》いた。

「私も、ちょっと疲れました」

「リリィおねえちゃん、だいじょうぶ？　あとでマッサージしてあげるね」

俺たちはそんな話をしながら宿に向かって歩き始めた。

明日の朝にはいよいよフォートポートに向けて出発する。

今日はスリエで過ごす最後の夜だし、せっかくだから普段と違うことをしてもいいかもしれない
……などと考えていると、通りの向こうから長い金髪の女性がやってきた。

Dランク冒険者のキャルだ。

スリエに実家があるという話だが、今も里帰り中なのだろう。

半袖シャツにショートパンツというラフな格好で、四角い大きな箱を両手で抱えている。

「やっほー、コウっち。はろはろー。ちょうど宿まで行こうと思ってたんだよねー」

「俺に用事か？」

「うーん、コウっちというか、コウっち様ご一行、みたいな？　ほら、今回、街を守ってくれたっしょ？　……てなわけで、はい、お礼のプレゼント！」

キャルはそう言って四角い箱をこちらに差し出してくる。

受け取って箱のフタを外してみると、中には大きなデコレーションケーキが入っていた。

生クリームたっぷり、フルーツ山盛りとなっており、とても豪華な見た目だ。

「このケーキって、キャルさんが作ったんですか？」

リリィがそう訊《たず》ねると、キャルはふふんと胸を張った。

「ウチの実家、ケーキ屋なんだよね。おばーちゃんと一緒に作ったんだけど、めちゃウマだから！」

「わーい！　たのしみ！」

「おっ、スララん、いい反応じゃーん」

キャルはポンポンとスララの頭を撫《な》でると、俺のほうを向いて、軽い調子でこう言った。

「それにしてもコウっち、また竜を倒したって話じゃん。二匹目の竜殺し達成とか、マジ最強すぎ

じゃない？　ヤバくない？」

「確かにヤバいわね」

アイリスが小さく頷いた。

キャルに口調を合わせているのは、親しさの表れだろうか。

「この調子だと、近いうちに三匹目の竜殺しも達成しそうよね」

「アイりん、それ、わっかるー。てか、三匹どころか四匹、五匹、六匹もヨユーっしょ」

それは遠慮したいな。

竜殺しの記録が伸びるということは、それだけ多くの災厄が復活するということだ。

正直なところ勘弁してほしい。

「俺は、荒事が嫌いなんだけどな」

「「「……」」」

あれ？

アイリスもリリィもキャルも、三人揃って首を傾《かし》げている。

スララに至っては身体をくんにゃりと曲げて「？」マークを作っていた。

「……まあ、コウっちの冗談はともかくとして」

キャルはコホンと小さく咳払《せきばら》いをする。

「ケーキも渡したし、ウチの用事はおしまい。てなわけで帰るね。じゃ！」

ピシッと右手を掲げると、キャルは軽やかな足取りでタタタタッとその場を走り去る。

なんというか、自由だよな。

さて、俺の手元には立派なデコレーションケーキがあるわけだが、どうしようか。

「ねえねえ、マスターさん。ぼく、ケーキが食べたいよ」

「そうだな……」

俺は少し考えてから、皆に向かってこう提案した。

「せっかくだし、今日の夕食は控えめにして、宿でケーキを食べるか」

「いいわね。スリエでは色々あったし、打ち上げってことにしましょうか。リリィちゃんはどう？」

「賛成、です」

「わーい！　ぼくもぼくも！」

「じゃあ、全員参加だな」

俺は頷きながらデコレーションケーキを【アイテムボックス】に収納した。

こんな立派なものをうっかり落としたら、打ち上げパーティが台無しだからな。


俺たちは軽めの夕食を済ませると、宿の『五星亭』に戻った。

そのまま俺の部屋のリビングに集合して、パーティの準備を始める。

【アイテムボックス】からデコレーションケーキを取り出すと、甘い香りがフワッと漂った。

「マスターさん、ぼく、お腹がすいてきたよ！」

「もうちょっと待てるか？」

「うん！　わくわく！　わくわく！」

スララは眼《め》をキラキラさせながらデコレーションケーキを眺めている。

俺はその様子に苦笑しつつ、【アイテムボックス】から四人分のナイフとフォーク、そして皿を取り出した。以前、ヒキノの木から【創造】したものだ。

俺はナイフを手に取ると【器用の極意】を発動させ、デコレーションケーキを切り分ける。

元々のサイズが大きかったので、今回は十六等分にしてみた。

「コウ、ありがとう。あなたって本当に器用よね」

「これくらい大したことじゃないさ」

俺は全員の皿にひとつずつケーキをのせていく。

飲み物はワインとぶどうジュース、どちらもトゥーエの牧場で貰《もら》ったお礼の品だ。

グラスはガラス製のものが部屋にあったので、それを使うことにする。

「あたしはワインにするわ」

「私は、ぶどうジュースにします」

「ぼくもジュースを飲むよ！」

そうして飲み物が行き渡ったところで、俺はグラスを掲げる。

「それじゃあ、お互いの苦労を讃《たた》えて——乾杯」

「乾杯」

「乾杯、です」

「わーい、乾杯！」

グラスとグラスがぶつかる音が、リビングに響き渡る。

こうして打ち上げパーティが始まったわけだが、ケーキは予想以上のおいしさだった。

濃厚な生クリームと、カステラのような甘いスポンジ、そこにフルーツの酸味がアクセントとして加わることで、飽きのこない味わいとなっている。

「……うまいな」

「これなら何個でも食べられそうね」

「マスターさん、ぼく、このケーキだいすき！」

「ふわぁ……」

リリィは夢見心地の表情を浮かべながら、一口、一口とじっくり味わうようにケーキを食べている。なんだか小動物みたいで可愛《かわい》らしい。

俺も含めて皆、最初のうちはケーキに夢中だった。

とはいえ途中からは腹が膨れてきたこともあってか、少しずつ会話が増えてくる。

話題はスリエでの出来事だ。

到着初日の露天風呂、二日目のお祭り、伯爵との出会い、エルダーリッチの討伐――。

そして、暴食竜との戦い。

「あたしたち、よく勝てたわよね……」

アイリスがしみじみと呟《つぶや》くと、リリィがその横でコクコクと頷いた。

「コウさんがいなかったら、大変なことになっていたと思います」

「いいや、俺だけじゃ暴食竜は倒せなかった。アイリスとリリィが力を貸してくれたおかげだよ。

ありがとうな」

「ふふっ、コウの役に立てたならよかったわ」

「ええと……はい」

リリィはなぜか俯《うつむ》くと表情を曇らせた。

いったいどうしたのだろう？

そういえば俺がユグドラシルの弓を使う直前、リリィは奇妙なことを口走っていた。

――私の命を捧《ささ》げます。

なんだか、やけに不穏な発言だったよな。

放置しておくと悪いことが起こりそうな予感する。

リリィは大切な仲間だし、なにか問題を抱えているのなら、できるだけ力になってやりたい。

……今のうちに訊《き》いておこう。

「リリィ、ちょっといいか？」

「えっ、あ、はい」

「弓を使う前に『命を捧げる』みたいなことを言ってたよな。いったいどういう意味なんだ？」

「それは……」

リリィは困ったような表情を浮かべると、そのまま口籠《くちごも》ってしまう。

さて、どうしたものかな。

俺が考え込んでいると、アイリスが口を開いた。

「ねえリリィちゃん、もしかして話しづらいことなの？」

「……いえ。そういうわけではありません」

リリィは首を横に振った。

「ただ、私自身、分からないことが多すぎて整理がついていないというか……」

「それなら、ぼくたちにお話しするといいかもしれないよ」

スララが少しだけ真剣な調子で言った。

「古代の学者さんが言ってけど、誰かにお話しすると頭の中がまとまりやすいんだって！」

確かにそれは正しい。

会話によって思考が整理される……というのは、俺自身にも経験がある。

俺は頷きながら、再度、リリィに向かって声をかける。

「ひとまず、言うだけ言ってみないか？　意外に、それで解決する可能性もあるしな」

「……そうですね。コウさんの言うとおりかもしれません」

リリィはしばらく考え込んでいたが、やがてコクリと頷いた。

「以前にも説明しましたが、戦神教の伝承によると【戦神の巫女《みこ》】には二つの使命があると言われています。覚えていらっしゃいますか？」

「ああ、もちろん」

俺は即答した。

「ひとつは【転移者】にユグドラシルの弓を授けること、もうひとつは魔剣グラムを見つけ出すことだよな」

「正解です。ただ、実はもうひとつ、伝承には語られない第三の使命が存在しています。私はそれを小さいころに【予知夢】で知りました」

「どんな使命なんだ？」

俺がそう訊ねると、リリィは少し躊躇《ためら》うように視線を彷徨《さまよ》わせたあと、小声で答えた。

「……弓の封印が解けたとき、自分の命を引き換えにして、災厄殺しの矢を召喚することです」

なるほどな。

弓を見たリリィが「命を捧げます」と言い出したのは、【予知夢】が原因だったのか。

だが実際に必要とされたのは命ではなく魔力だった。

そのせいでリリィは戸惑っているのだろう。

「つまり【予知夢】が外れたってこと？」

アイリスがそう言うと、リリィは困惑の表情を浮かべて答えた。

「……分かりません。何らかの要因によって未来が変わったのかもしれませんし、今後、別の戦いで【予知夢】どおりになるのかもしれません。私としては、後者の可能性が高いと考えています」

「リリィおねえちゃん、死んじゃうの……？」

スララが悲しげに呟く。

「そんなの、いやだよ」

「スララさん、ありがとうございます。ですが、私は自分が【戦神の巫女】であることに誇りを持っていますし、覚悟は最初からできています」

リリィはそう言うと俺のほうを向き、強い口調で話を続ける。

その声と表情からは、彼女なりの揺るぎない意思と信念が感じられた。

「トゥーエでデビルトレントと戦ったとき、コウさんには危ないところを助けていただきました。その恩を返すためにも、必要ならばいつでも命を投げ出すつもりです」

「リリィちゃん……」

俺の隣では、アイリスが言葉を失っていた。

どう声をかけていいか分からず、困惑しているようだ。

「……分かった」

俺はリリィをまっすぐ見つめながら答える。

「それがリリィの決意なら、仲間として尊重する。けれど、俺としてはリリィに死んでほしくない。……もしも将来的に【予知夢】どおりの状況になったとしても、リリィが犠牲にならない方法をギリギリまで探し続けようと思う。それは、構わないか？」

「……はい」

リリィは頷く。

「使命を果たす覚悟は変わりませんが、私も可能ならば長生きして、コウさんたちと一緒に色々なところに行ってみたいと思っています。……これは、わがままでしょうか？」

「いや、そんなことはないさ。なあ、アイリス」

「そうね。自然なことだと思うわ」

「リリィおねえちゃん、ぼくも力になるからね。困ったことがあったら、言ってね」

「……みなさん、ありがとうございます」

そう言うと、リリィはふっと微笑《ほほえ》んだ。

まるで雪解けの花のような、儚《はかな》くて美しい笑みだった。


そのあとも俺たちはスリエでの思い出について話をしていたが、気づくとスララが穏やかな寝息を立てていた。

「むにゃ……。もう食べられないよ、もぐもぐ、おかわり……」

食べられないのにおかわりするのか。

すごい寝言だな。

俺は苦笑しつつリリィに視線を向ける。

「くぅ……すぅ……」

リリィもリリィで目を閉じ、ソファの肘置きを枕にして眠り込んでいた。

年齢相応のあどけない寝顔だ。

「ねえ、コウ」

アイリスが小声で話しかけてくる。

「ちょっと外の空気でも吸いに行かない？」

「……そうだな」

リリィもスララも気持ちよさそうに眠っているし、起こすのはちょっと可哀想《かわいそう》だ。

俺とアイリスは頷き合うと、静かにソファを立った。

リビングの奥には外へ繋《つな》がる扉があるので、そこからベランダに出る。

夜空を見上げれば、たくさんの星々が輝いていた。

「リリィちゃん、ぐっすり寝てたわね」

「色々と吐き出して、気が楽になったのかもな」

「……ああやって抱え込むところ、少し、フェリスに似てるわ」

アイリスは小さくため息をつくと、遠くを眺めながら呟いた。

その横顔は、どこか憂いの色を孕《はら》んでいる。

フェリスとはアイリスの双子の妹であり、もう一人の【竜神の巫女】だ。

三年ほど前、魔物の襲撃によって命を落としている。

「フェリスも【予知夢】を持っていたわ。あらためて振り返ると、あの子、自分の死期を悟っていた気がするの。直前にきっちり身辺整理を済ませて、遺書まで残していたもの」

「……夢ですべてを知っていたのかもしれないな」

「たぶん、そうだと思うわ」

アイリスは頷くと、さらに話を続ける。

「フェリスが亡くなったとき、すごく後悔したの。自分が近くにいたら、あの子を助けられたかもしれない。そんなことを何度も考えたわ。……だから、その」

「同じ失敗はしたくない、ってことか」

「ええ。……あたし、きっとリリィちゃんにフェリスを重ねてるのね」

「別に悪いことじゃないさ。過去を糧《かて》にして、将来に生かす。自然なことだ」

「ありがとう。そう言ってくれると、ちょっと救われるわ」

アイリスは、ふふ、と小さく笑みを浮かべた。

それからしばらくのあいだ俺たち二人は静かに夜空を眺めていたが、ふと、アイリスが呟いた。

「ねえ、コウ」

「どうした？」

「暴食竜との戦いでも、空を飛ぶポーションを使ってたわよね。あれって、あたしが飲んでも効果あるの？」

「随分と突然だな」

俺がそう返すと、アイリスは少しだけ昔を懐かしむような表情を浮かべた。

「昔、フェリスがよく言ってたの。鳥になりたい、自由に空を飛んでみたいって。……あたしも、ちょっと興味があるわ」

「じゃあ、試してみるか？」

俺はそう言って【アイテムボックス】からフライングポーションを二つ取り出すと、片方をアイリスに差し出した。

「ストックは山ほどある。遠慮なく飲んでくれ」

「ありがとう。それじゃあ、ひとつ、いただこうかしら」

俺たちはほぼ同時にフライングポーションに口をつけた。

二人揃って、ふわりと身体が宙に浮かぶ。

俺はすでに慣れたものだが、アイリスの場合、自分で《風の加護S＋》を操って飛ぶのは今回が初めてだ。

どうやらバランスを取るのが難しいらしく、空中で姿勢を崩してしまう。

「きゃっ！」

「大丈夫か？」

俺はアイリスに向かって左手を差し伸べる。

「う、うん……」

アイリスは俺の左手を握ると、立ち上がろうとして……またも転倒しかける。

だが、それを何度も繰り返すうちに要領を掴んできたらしく、やがて姿勢が安定してきた。

「……なかなか難しいわね」

「初めてにしては上出来だ。それじゃあ、次は高度を上げてみるか」

「どうすればいいの？」

「スッと背筋を伸ばして、かるく上を向くんだ」

「こうかしら……？」

アイリスは爪先立ちのような姿勢を取った。

すると、身体が少しずつ上昇を始めた。

速度はかなりゆっくりだが、最初のうちはこんなものだろう。

俺も同じくらいのスピードで上昇しつつ、アイリスに声をかける。

「大丈夫か？」

「だんだんコツが分かってきたわ。でも、気を抜いたら転びそうね。手、握ったままでいい？」

「もちろん。落ちないようにサポートするから安心してくれ」

「ええ、頼りにしてるわ」

アイリスはそう答えると、俺の左手をギュッと握った。

そうして、二人で夜空へと昇っていく。

やがてスリエ全体を一望できるほどの高度に到達すると、そこでひとまずブレーキをかけた。

「……きれいね」

高高度からスリエの街を眺めながら、アイリスが言った。

街のあちこちで魔導灯がキラキラと輝き、柔らかな光であたりを照らしている。

「まるで、地上に星空が広がっているみたい。……リリィちゃんにも見せてあげたいわね」

「次は三人で飛んでみるか」

「そうね。あの子、きっと喜ぶはずよ」

アイリスはクスッと微笑むと、俺の左手を少しだけ強く握った。

「これからも皆で一緒に旅ができるといいわね」

「当然だ。……アイリスは、どうなんだ？」

「どう、って？」

「【戦神の巫女】には隠された第三の使命があるわけだよな」

俺はそう前置きしてから続ける。

「だったら【竜神の巫女】にも同じようなものが――自分の命を投げ出すような使命があるんじゃ

ないのか？」

「……どうかしらね」

アイリスはしばらく考え込んだあと、そう答えた。

「少なくとも、あたしに心当たりはないわ。本当よ」

「……それならいいんだ」

あくまで俺の印象だが、アイリスが嘘《うそ》をついているようには思えない。

とはいえ、本人が知らないだけで、実は第三の使命が隠されている……という可能性は否定できない。

「アイリスは大切な仲間だからな。……急にいなくなるなんて、やめてくれ」

「分かってるわ。――ふふっ」

「どうした？」

「そんなふうに言ってもらえるなんて、あたしは幸せ者ね」

そう言って微笑むアイリスの表情は、今までに見たことがないほどに嬉《うれ》しそうなものだった。

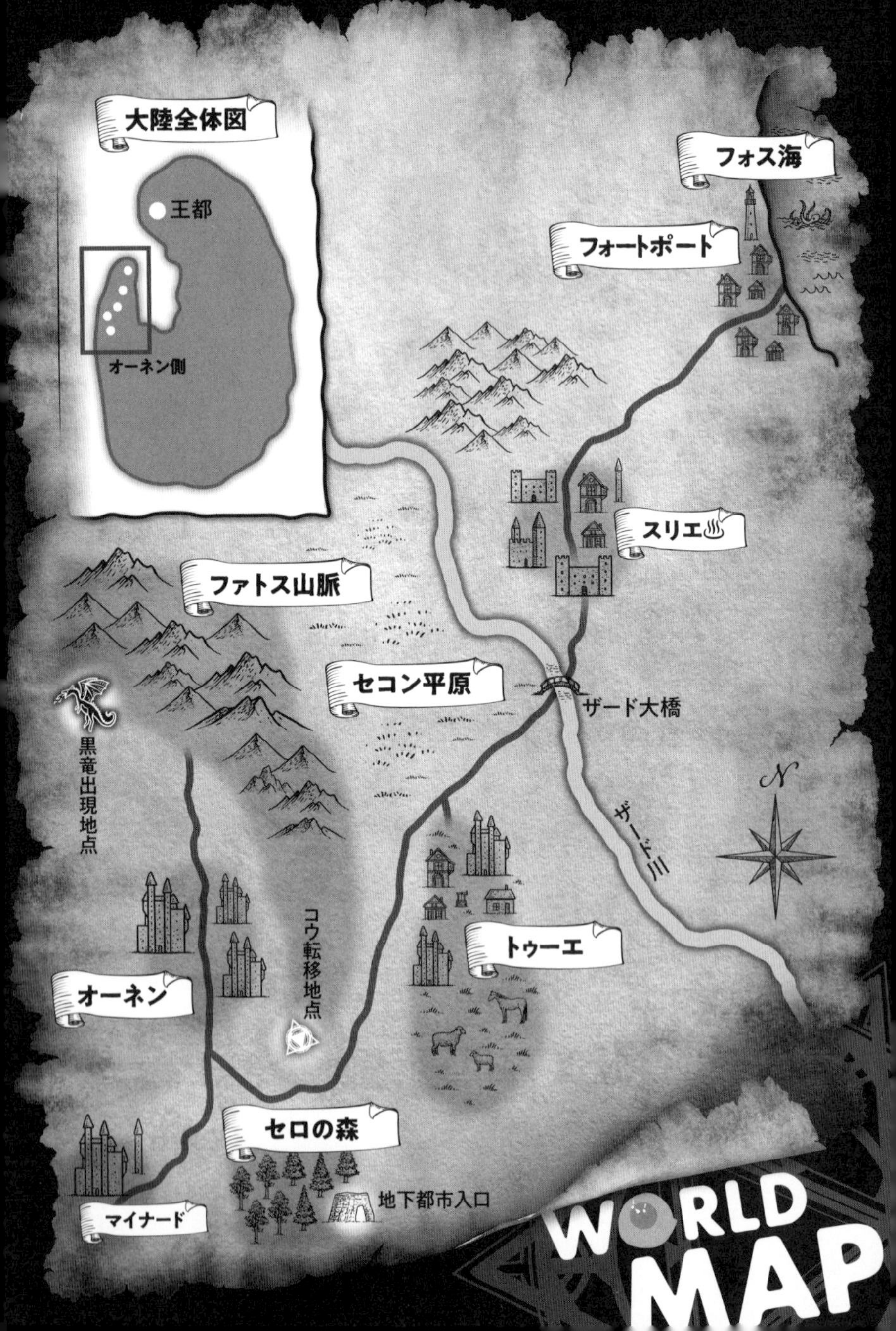
大陸全体図
王都
オーネン側
フォス海
フォートポート
スリエ♨
ファトス山脈
セコン平原
ザード大橋
黒竜出現地点
ザード川
コウ転移地点
トゥーエ
オーネン
セロの森
地下都市入口
マイナード
WORLD MAP

異世界で手に入れた生産スキルは最強だったようです。～創造&器用のWチートで無双する～ 2

2020年1月25日　初版第一刷発行

著者　遠野九重
発行者　三坂泰二
発行　株式会社KADOKAWA
〒102-8177　東京都千代田区富士見2-13-3
0570-002-001（ナビダイヤル）
印刷・製本　株式会社廣済堂

ISBN 978-4-04-064320-5 C0093

企画　株式会社フロンティアワークス
担当編集　齋藤 傑（株式会社フロンティアワークス）
ブックデザイン　AFTERGLOW
デザインフォーマット　ragtime
イラスト　人米

本シリーズは「小説家になろう」（https://syosetu.com/）初出の作品を加筆の上書籍化したものです。

祝
コミカライズ

異世界で手に入れた
生産スキルは
最強だったようです。
遠野九重